Die Kränkung

Ilse-Maria Gamp gewidmet

Margot Plöhn

Die Kränkung

Kindheit im Schatten des Krieges

Erzählung

50 Prozent der Erlöse aus diesem Buch kommen dem Bielefelder Kinderschutzbund zugute.

Bibliografische Information der Deutschen Nationalbibliothek
Die Deutsche Nationalbibliothek verzeichnet diese Publikation in der Deutschen Nationalbibliografie; detaillierte bibliografische Daten sind im Internet über http://dnb.d-nb.de abrufbar.

© 2009 Margot Plöhn
Satz, Umschlaggestaltung, Herstellung und Verlag:
Books on Demand GmbH, Norderstedt
ISBN: 978-3-8370-3317-5

Inhalt

Margot Plöhn 1949

Man kann das Leben
nur rückwärts verstehen,

aber leben
muss man es
vorwärts.

Sören Kierkegaard

Im weiten Meere musst du anbeginnen!
Da fängt man erst im Kleinen an
Und freut sich, Kleinste zu verschlingen,
Man wächst so nach und nach heran
Und bildet sich zu höherem Vollbringen.

Goethe

Prolog

Mir ist das Kind in seiner Verlassenheit so vertraut. Ich kenne seine Einsamkeit, seinen Schmerz, verlassen worden zu sein. Ich spüre die brennenden Male auf seiner zarten Haut, die Stockschläge ihm zugefügt haben.

In seiner einsamsten Stunde hat es lautlos mit einem dunklen Vogel zu sprechen angefangen, auf dessen Schwingen es sich träumte, dass er es mitnähme dort hinter die Bergkette, wo er entschwand.

Das Kind hatte ihm lautlos nachgerufen, dass es weit weg wolle von diesen schrecklichen Frauen, die es schlugen und dabei sein Gesicht in ihren Schoß drückten, bis es zu ersticken drohte.

Des Kindes erste Erinnerung war sein eigener Schrei. Es war der pfeifende Ton des Rohrstocks, wenn er die Luft durchschnitt, ehe er mit einem messerscharfen Schmerz seinen Körper traf, immer wieder, bis die Haut platzte. Es war sein schluchzender Atem, der in die Stille des Spielsaals aufstieg, in den es zurückhumpelte, angestarrt von den bleichen Gesichtern der anderen Kinder, mit denen es sein Schicksal teilte.

Es hatte sich gegen die Wand gelehnt, den brennend pochenden Schmerz seines Körpers gespürt, in den sich langsam die Einsamkeit schlich. Manchmal wurde er wie im Fieber geschüttelt. Nun war es schon fünf Jahre in diesem Haus. Seit es denken konnte, war es diesen beiden Frauen ausgeliefert gewesen, in ihrer Villa eingesperrt. Nie durften die Kinder weiter als in ihren Garten gehen. Auch da mussten sie still sein. Da es noch immer nicht richtig sprechen gelernt hatte, begann es seine Umgebung mit seinen Farben, Gerüchen und Geräuschen mit den Augen zu trinken.

Es sah die alte Frau, deren Tochter dem ehrbaren Hebammenberuf nachging. Auch sie war grausam, schlug ihren verwirrten Ehemann, wenn sie ihn dabei ertappte, dass er den Kindern Süßigkeiten zusteckte. Dann sah ihn das Kind weinend zum Berg laufen, dorthin, wo der geheimnisvolle dunkle Vogel zu wohnen schien.

In der Hitze des Tages schlossen sich die weißen Fensterläden der Villa. Die alte Frau hatte sich schlafen gelegt. In der Veranda, in deren Schatten die Kinder spielten, hing schlaff eine Rot-Kreuz-Fahne. Manchmal hielt ein roter Bus vor dem Haus. Eine Frau stieg aus, im Arm einen Säugling haltend. Sie lief zur Villa und übergab den Frauen das Kind.

Mutter und Tochter und deren Dienstmädchen, deren Aufgabe es war, den 15 Zöglingen mittags in viereckige, dickwandige Porzellanschüsselchen Grießbrei zu klatschen, all die Jahre, ohne ihn mit Früchten zu bereichern, die im Garten reiften.

Das fünfjährige Kind konnte sich nicht erinnern, jemals etwas anderes gegessen zu haben. Aber es erinnerte sich an die fleischige Hand, die sein Gesicht in den Schoß seiner Peinigerinnen drückte, bis es zu ersticken drohte, an das dumpfe Hineingurgeln eines Schreis, der sich in seine Brust zurückzog und sie atemlos machte.

Geblieben war der Hass auf jene Frau, zu der die Zöglinge »Mutter« sagen mussten. Es stand vor seiner Peinigerin und trotzte ihr nach all den Jahren noch mit jeder Faser seines kleinen Körpers. Es sah hoch zum prachtvollen Baum, der so würzig duftete, wenn sich die Tür zu dem Zimmer öffnete, welches die Zöglinge nicht betreten durften. Zu diesem hatte nur der hübsche, schwarz gelockte Knabe – der Liebling der Frauen – Zutritt. Wie man sich später erzählte, wurde er 1942 abgeholt. Hans Süß hieß der Knabe, der, so flüsterte man sich zu, ein Judenkind gewesen sei. Aber bitte: Genaues wisse man nicht.

Eines Tages sah das Kind wieder einmal den dunklen Vogel

und hörte seinen langen, gedehnten Schrei. Es sah ihn, als ob er nach ihm suchte. Dann stürzte er ganz plötzlich vom Himmel hinter die Hecke des Gartens. Das Kind saß im Gras. Da schrie das Kind wieder tonlos aus sich heraus: Nimm mich mit, dort hinter den Berg, dorthin, wo die Sonne glüht. Aber der Vogel wandte sich von ihm ab, stieg wieder zum Himmel hoch und verschwand hinter dem Berg, dessen Rücken wie ein mächtiges Tier unter der Sonne lag und der am Abend zu glühen begann. Das Kind wusste nur, dass es dieser Vogel war, auf dessen Schwingen es sich so brennend wünschte, auf dass er es von diesen schrecklichen Frauen forttragen möge. Er war es, mit dem es zu sprechen begann. Es träumte in der Nacht von ihm. Das Kind saß im Gras. Die Sonne wärmte seinen Kopf, der noch von den Schlägen mit dem Kochlöffel schmerzte, mit dem man es gerade geschlagen hatte. War sein Schrei doch zu hören gewesen? Diesen Schrei, den die Nachbarn gehört haben könnten, die das Kind manchmal durch die blinden Scheiben des Spielsaals zum roten Bus eilen sah. Hatte es doch laut nach dem Vogel geschrien? Es betastete seinen Kopf, der voller Ekzeme war, zwischen denen das weizenblonde Haar struppig hervorspross. Und das Kind zog sich in sich zurück. Es hatte in seiner Einsamkeit gelernt, ganz in sich zu sein, wenn es mit den anderen Kindern das Bett teilte. In den mondhellen Nächten war es sich sachte bewegend an das Fenster getreten und hatte zum Berg geschaut, dessen Rücken im Mondlicht silbern schimmerte. Es fröstelte, wenn es den zitternden, klagenden Laut von ihm hörte, den nun ein anderer Vogel zu ihm herabsandte. Und wieder betastete es nicht begreifend seinen Kopf, es musste immerzu kratzen. Es hatte sich vor dem knarrenden Geräusch des Bettes gefürchtet, wenn es seinen kalten Körper langsam unter die Decke schob, die es mit anderen teilte.

An jenem Aprilmorgen war eine Fremde in den Garten gekommen. Ihr Haar glänzte wie das Gefieder des schwarzen

Vogels, auf dessen Schwingen das Kind so gerne davongeflogen wäre. Sie hockte sich vor das Kind hin, ergriff seine Hand und deutete auf den Berghang und fragte es: »Willst du mit mir dort hinter den Berg in ein kleines Haus kommen?« Das Kind hatte heftig bejahend den Kopf bewegt, aber es hatte keinen Ton hervorbringen können. Sein Mund war nach all den Jahren versiegelt gewesen. Es hatte nicht sprechen gelernt, und nun, als es seinen Traum erfüllt sah, der es all die Jahre am Leben erhalten und all die Gefühle in ihm wach gehalten hatte, nun konnte es diese nicht aussprechen, konnte nicht in Worte fassen, dass es Glück empfand beim Anblick dieser fremden Frau, die es in den Arm nahm, leicht wiegte und zärtliche Worte zu ihm sprach, sodass es nur weinen konnte. Am Gartentor wartete eine andere fremde Frau mit weißer Haube, die ihr freundliches Gesicht mit einer Schleife unter dem Kinn umschloss. Sie trat hinzu. Auch sie sprach mit einer Stimme, die dem Kind so fremd war, der es aber sofort vertraute.

Man nahm das Kind zwischen sich, führte es in jenes verbotene Zimmer, in dem einmal im Jahr der von Lichtern funkelnde Baum stand, unter dem sich bunte Pakete für Hans Süß türmten. Man hob das Kind auf einen der geschnitzten Stühle mit den hohen Lehnen, gab ihm etwas Braunes, das duftete, dem Kind aber fremd war und auf der Zunge brannte, das es aber nicht auszuspucken wagte. Es war verwirrt von der freundlichen Stimme der Peinigerin, die sich mit den beiden Frauen so ereifernd unterhielt und ein paarmal irgendetwas unterschrieb, was diese ihr vorlegten. Und zum ersten Mal wagte das Kind, das Gesicht seiner Peinigerin zu betrachten. Es war ein fleischiges Gesicht. Über den nun gesenkten Augenlidern wölbten sich struppige Augenbrauen, die sich streng zusammenzogen, als sie etwas auf das weiße Papier schrieb. Die feuchten, wulstigen Lippen, zwischen die sich die Zunge schob, waren leicht geöffnet. Plötzlich sah sie auf. Das Kind erschrak vor diesem nun lächelnden Gesicht. Sein Körper sank in sich. Er schmerzte, als habe sie ihn wieder geschlagen. Dann führte man das Kind zurück in den Garten. Und das Kind dachte nicht mehr an die freundlichen Frauen.

Vielleicht waren sie nur aus seinen Träumen entsprungen. Aber für einen Augenblick hatte es den Hunger und die Schmerzen seines Körpers vergessen. Es saß wieder im Gras, sah auf einen braunen Vogel, den die Hebamme an den Beinen vor sich hertrug und dem sie dann mit einem silbernen Beil den Kopf abschlug und ihn dann kopfüber an den Gartenzaun hängte. Das Kind sah den geköpften braunen Vogel, hörte dessen Flügel noch schlagen und hatte noch das schnarrende Geräusch im Ohr. Noch einmal zuckte sein Körper. Das Kind sah es ohne Mitleid, denn es kannte keine Tiere als nur die Hühner der Frau, die nun eines von ihnen geköpft hatte. Wozu – das konnte es sich nicht erklären.

In der Nacht schlief das Kind unruhig, denn es lag allein im Bett. Es trat wieder an das Fenster. Es sah zu dem Berg, dessen Rücken wieder silbern im Mondlicht schimmerte. Es hörte wieder die zitternde, unheimliche Stimme eines ihm unbekannten Vogels, der im schwarzen Geäst sitzen musste, das sich über die Gartenhecke reckte. Nein, es hatte keine Angst, wenn sein schauriger Ruf zitternd in den Nachthimmel stieg. Das Kind träumte von einem kleinen Haus hinter dem Berg, in das die freundliche Frau es mitnehmen wollte. Sie war gegangen, aber das Kind hörte noch ihre Stimme, die so anders klang als die der Peinigerin. Unten im Garten raschelte etwas. Wie eine Kugel rollte es sich zusammen, als es zu Boden fiel. Dann trippelte es davon und verschwand zwischen den Blumen, die ihren süßen Duft zu dem Kind heraufschickten, und das Kind fühlte sich getröstet, denn es wusste, dass es in das kleine Haus geholt werde. Es lauschte auf seinen Atem.

Am Tag zuvor waren die anderen Kinder abgeholt worden.

Nur das Kind hatte man nicht beachtet, das, an die Wand im Spielsaal gelehnt, seinen Körper hin- und herwiegte und seinen Speichel im Mundwinkel nicht halten konnte. All die fremden Frauen waren an ihm vorübergegangen. Sie hatten ihren Schritt nicht angehalten und hatten kein einziges Wort zu ihm gesprochen. Nur jene Frau mit dem schwarz schimmernden Haar, die in den Garten gekommen war, hatte sich vor ihm hingehockt, sodass sie sich Auge in Auge ansahen. Das Kind hatte noch den warmen Duft ihrer Wange in Erinnerung, die sich gegen die seine gelehnt hatte. Es hörte noch den ruhigen, tiefen Klang der Stimme, die von einem Haus erzählte, in das man es holen würde. Das Kind wartete geduldig, es stemmte seine mageren Ärmchen auf den kalten Fenstersims. Es blieb dort und wartete auf den Tag, an dem man es von hier abholte.

Das Kind konnte nicht so schnell laufen wie die Frau mit der Schwesternhaube. Auf beide wartete ein ratterndes rotes Ungetüm am Straßenrand. Da trug die Frau es auf dem Arm zu ihm hin. Sie setzte das Kind an das Fenster und sich daneben. Sogleich hob das rote Ungetüm zu schnauben an. Es schüttelte sich, als wolle es eine schwere Last abwerfen – aber nein, es rauschte mit all den Fremden durch ein Land, das das Kind noch nie gesehen hatte. Zunächst ließen sie den Berg hinter sich. Dann sah das Kind Dinge, die es sich nicht erklären konnte, die es aber in sich aufsog wie ein Schwamm das Wasser. Manchmal sah es in der Ferne, hoch am Himmel, einen Vogel kreisen, der dann blitzschnell in die Tiefe zum Erdboden stürzte. Dann stieg der Vogel mit etwas sich noch Bewegendem in den Klauen wieder auf und verschwand im Wald. Alles, was das Kind sah, konnte es selbst nicht benennen. So konnte es nur sich selbst befragen. Es sah Felder, auf denen bunt gescheckte Tiere gemächlich Gras fraßen. Manche ruhten und malmten mit hellen, lachsfarbenen Mäulern vor sich hin, und wie es schien, konnten sie nicht mehr damit aufhören. Dazwischen sah das Kind noch größere Wesen mit blonden und schwarzen Mähnen und mit schimmernden Leibern. Einmal raste ein anderes rotes Ungetüm in entgegengesetzter Richtung an ihnen vorbei; es raste dorthin, wo das Kind nie mehr sein wollte.

Endlich – nach mehrmaligem Halten – schüttelte sich das rote Ungetüm, in dem das Kind und die Frau mit der steifen Haube zum Schluss alleine gesessen hatten, und spuckte auch sie aus.

Nun stand das Kind vor dem kleinen Haus und erblickte die Frau vom Vortag, die zu ihm gesprochen hatte und an die es fast die ganze Nacht am Fenster stehend gedacht hatte. Die Frau, deren Stimme dem Kind schon so vertraut war, dass es keine Angst vor ihr empfand. Doch nicht einmal dieses Gefühl konnte das Kind seiner Umwelt mitteilen. Es blieb einfach stehen, bis es von ihr an die Hand genommen und in das Haus geführt wurde.

Es wäre an einem Samstagnachmittag gewesen, erzählte ihre neue Mutter später. Das Mädchen würde sich später gut an diesen Tag erinnern können. Frauen waren lärmend in die Stille des Hauses eingedrungen, um das fremde Kind zu begutachten, das sich ängstlich an seine neue Mutter drängte, die es schließlich hochnahm, um es vor der fetten Katze zu beschützen, die schnurrend um seine Beine strich und die das Kind fürchtete.

Die Frauen redeten so laut, dass dies das Kind verstörte. Sie wollten wissen, ob es sich freue, doch es konnte ihnen nicht antworten, weil es sie nicht verstand.

Sie brausten wie ein Sturm über das Kind hinweg, welches sich zum Schutz an seiner neuen Mutter festklammerte. Dann endlich waren sie gegangen.

Doch neue Aufregung ergriff das Kind, als es durch das Fenster einen blonden, pfeifenden Jungen sah, der mit seinem

Fahrrad ein paarmal auf dem Hof kreiste, dieses dann hinwarf und in die Stube rannte. Er entriss das Kind den Armen seiner Mutter und wirbelte es mit sich im Kreis herum, wobei er immer wieder Freudenschreie ausstieß, dass er nun endlich ein Schwesterchen habe. Dann hielt er inne, betrachtete das Kind auf seinem Arm eine Weile entzückt und sprach dann: »Küken, mein Küken, du musst aber noch viel Milch trinken, damit du groß und stark wirst.« Und das Kind konnte weder weinen noch lachen, denn es wusste nicht, was das alles zu bedeuten hatte.

Dann sah es zu dem Mann hin, der auf der Ofenbank saß und es mit strenger Miene betrachtete. Dieser sog an etwas und stieß dann einen beißenden Rauch zwischen seinen schmalen Lippen hervor, an dem er zu husten begann. Wieder sog er an diesem Gebilde, das ein kaum vernehmbares Knistern von sich gab, wenn es aufglühte. Später, als die Sonne unterging, hörte es Grunzen und Quieken. Die neue Mutter sagte, dass der Vater die Schweine füttere. Das Kind wunderte sich nur über so viele seltsame, ihm fremde Geräusche und Worte, die es vorher noch nie gehört hatte. All dies erschütterte es so sehr, dass es noch am selben Tag erkrankte.

Dann geschah es: Es erbrach sich in den Schoß seiner neuen Mutter. Es riss zitternd die Arme über den Kopf, denn es erwartete ein Trommelfeuer wütender Schläge. Aber so geschah es nicht: Es wurde gereinigt, in den Arm genommen und eine Stimme voll derselben Zärtlichkeit des Vortages sagte: »Das ist doch nicht schlimm, mein Küken.« Dann wurde das Kind wieder tröstend gewiegt, ehe das Nachthemd seinen zitternden Leib einhüllte. Es wurde in das vorbereitete kleine Bettchen mit den gummibereiften Rädern gelegt und in diesem in die Küche geschoben, damit es nicht so allein sei. So schlief es ein. Ein paarmal schreckte es auf, wenn der blonde Junge sein kehliges Lachen ertönen ließ. Es sah, wie ihn die Mutter – den

Zeigefinger auf die Lippen gelegt – streng ansah, damit dieser ruhig sei. Das Kind erinnerte sich der fürchterlichen Stille, die es mit den anderen Zöglingen einzuhalten gehabt hatte, wenn sie sich gemeinsam die Betten teilen mussten.

Am Morgen wusste das Kind zuerst nicht, wo es sich befand, doch der blonde Junge stand alsbald an seinem Bett und fragte es mit leiser Stimme: »Mein Küken, hast du die erste Nacht gut bei uns geschlafen?« Das Kind nickte. Es erinnerte sich vage an den vorherigen Tag mit den fremden Lauten, dem unbekannten Lachen und all den Gerüchen, die es nicht zu deuten wusste. Dann wurde es wieder sterbensmüde und versank erneut in den Schlaf, aus dem es zuweilen plötzlich aufschreckte. Dann wurde es durch den Klang der Stimme beruhigt, wie es einen solchen in den ersten fünf Lebensjahren nie vernommen hatte und der es jetzt wie ein immerwährender leiser Gesang umspann, dem das Kind lauschte und den es – solange es lebte – nie mehr vergessen würde. Dann fiel es im Traum zurück in einen Abgrund, der es verschlingen wollte, und schrie im Schlaf, bis die Mutter es aus dem Bettchen nahm und wieder an ihre nach frischem Gras duftende Wange legte und leise tröstende Worte murmelte. Das Kind konnte nun weinen und vernahm die ruhige Stimme der Mutter, dass man es lieb habe und dass es keine Angst zu haben brauche, wenn es sich wieder übergäbe, denn die Mutter werde es deshalb nicht schlagen. Dies würde dem Kind noch lange Jahre schwer fallen zu glauben, wenn es schwer erkrankte, sich erbrach und im Fieber sein Bett einnässte. Lange würde es dauern, bis die Angst aus des Kindes Herzen verschwand, welche dieses wild schlagen ließ, wenn sie von dem kleinen Menschenkind Besitz ergriffen hatte.

Viele Wochen waren seit der Ankunft des Kindes in seinem neuen Zuhause vergangen. Das Kind lief in den Garten und sah wieder den kreisenden Raubvogel, vor dem die Hühner in alle Richtungen auseinanderstoben. Während diese sich unter den Sträuchern und Büschen verbargen, schraubte sich ihr Feind in lautlosen Kreisen in die Unendlichkeit des Himmels. Nun kannte das Kind den Namen des schwarzen Vogels, der seinen lang gedehnten Schrei auch hier ausstieß, ehe er hinter die andere Seite des Berges verschwand, wo das Kind fünf Jahre lang gelebt und stets sehnsüchtig nach ihm Ausschau gehalten hatte. Er, den man »Bussard« nannte, hatte den Zauber der Vergangenheit verloren, den das Kind für ihn empfand, als es noch im Garten der Villa eingesperrt war. Der Bussard erschien dem Kind nicht mehr so groß und schön wie damals noch. Langsam erlosch die Angst des Kindes, bis der Vogel dem Kind so wenig bedeutete, dass es vergaß, nach ihm Ausschau zu halten, denn andere Geschöpfe, die man anfassen konnte, waren an seine Stelle getreten. Diese schienen auf das Kind zu warten, auf dass es sie füttere. Es war dem Kind, als ob sich diese bei ihm bedankten, wenn es mit ihnen sprach und sich an ihrem Fell wärmte.

Das Kind gab den Tieren Namen.

»Emma«, die Ziege, schaute bald auf, wenn das Kind nach ihr rief. Das Schaf nannte es »Meta«. Die fette Katze, deren Bauch immer dicker wurde, nannte es »Pinka«. Es wunderte sich darüber, dass Pinka immer dicker wurde, doch die Mutter konnte es erklären: Nicht nur Pinka, sondern auch Emma und Meta sollten bald Nachwuchs bekommen. Es fiel dem Kind schwer, sich dieses vorzustellen, und es lief auf die Wiese, wo Emma und Meta grasten. Es sprach mit Emma, die es dabei mit ihren gelben, weiß bewimperten Augen nachdenklich anschaute. Schließlich sprang das Kind von einem Bein auf das andere dem Wald entgegen, um sein Glück aus sich herauszuschreien, sodass die Vögel aus den Bäumen flatterten. In diesem Moment hätte es weinen können, dass es keine Worte für dieses plötzlich in ihm hochschnellende Gefühl fand. So blieb ihm nur dieser Schrei, den es in den Himmel stieß, um seiner Lebensfreude Luft zu machen. Es lief zurück und spielte in der Nähe von Emma und Meta am Bach, aus dem es – wie diese auch – trank. Gerne tauchte es seine Hände in das klare, kalte Wasser, das ganz leise plätschernd dahinfloss und dem das Kind so gerne lauschte, wenn es sich neben dem Bach auf die duftende Erde legte. Auf der Wasseroberfläche betrachtete es sein Gesicht. Die Nickelbrille, die es trug, blitzte manchmal in den trägen, dahingleitenden Wellen auf. Dieses Blitzen erinnerte es an das düstere Haus seiner Vergangenheit. Es glich dem Blitzen der großen Glaskugeln, in denen sich die Kerzen spiegelten, mit denen der große Tannenbaum im Winter geschmückt war, auf den es nur manchmal einen Blick hatte werfen können, wenn die Tür des Zimmers seiner Peinigerin einen Spalt geöffnet war. Dann hatte es den Duft von Speisen gerochen, die es selber nie kosten durfte. Es erinnerte sich der zarten Kinderstimmen, deren Hall es aus dem Raum heraus vernommen hatte, wenn diese »Freuet euch …« oder »Ihr Kinderlein kommet …« gesungen hatten. Sie konnten doch nicht gemeint gewesen sein. Doch es wollte nicht mehr darüber nachdenken, wozu dieser so prächtig geschmückte Baum eigentlich da gewesen war.

Es strich sein seidiges Haar, das einen zarten Messington annahm, aus seiner etwas zu groß geratenen Stirn. Die Ekzeme, die es so gequält hatten, waren verschwunden. Und es rannte zur Mutter, die Hände voller Blumen, die es auf der Wiese für sie gepflückt hatte. Atemlos wartete es auf das Porzellankörbchen, in das die Mutter diese einordnete. Es wartete darauf, endlich auf ihren Schoß gezogen zu werden und von ihr eine Tiergeschichte vorgelesen zu bekommen. Dann drückte es seinen mageren Körper tief in ihren weichen Schoß und lauschte der ihm nun so vertrauten Stimme, die ihm nun noch lieblicher klang als damals im Garten seiner Peinigerin.

Jeden Tag, meistens wenn sich der Tag dem Ende zuneigte und es im Bett lag, las die Mutter dem Kind aus dem Buch vor. Jede Nacht träumte es von den Erlebnissen des Tages. Es träumte von der Schaukel, die der Vater, der Mann mit dem strengen, schweigsamen Mund, für es unter der Linde vor dem Haus angebracht hatte. Auf dieser schwang sich das Kind aufjauchzend in den Himmel hoch. Noch im Schlaf hätte es fast wieder aufgeschrien, so stark brannte in ihm noch das unbenennbare Gefühl, das es später als Freiheit bezeichnen würde.

Dennoch war das Kind in dieser neuen, schönen Welt ganz in sich. Es hatte wenig Lust, mit den Kindern der wie in der Landschaft verstreuten Gehöfte zu spielen. Aber es wartete den ganzen Tag auf den blonden Jungen, den man Albert nannte und der es immer zärtlich »mein Küken« rief. Dann sah es endlich sein flatterndes Haar zwischen den goldenen Korn-feldern. Auf seinem Fahrrad glitt er immer schneller durch diese hindurch, je mehr er sich dem Haus näherte. Dabei pfiff er fröhlich ein Lied. Wieder kreiste er ein paarmal in engen Bahnen auf dem Hof. Dann sprang er vom Fahrrad und rannte dem Kind entgegen, um es in seine Arme zu reißen. Er drückte sein nach Sägespäne duftendes Gesicht an seine Wange, und glücklich vernahm das Kind wieder die Stimme, die es liebevoll »mein Küken« nannte. Nie hat er sein Schwesterchen anders genannt – auch nicht, als er 1948 mit zerstörten Lungen aus russischer Gefangenschaft heimkehrte. Diese Geschichte nahm im Herbst 1939 ihren Anfang.

Herbststürme

Der Wind rüttelte die Fensterläden. Manchmal umkreiste er pfeifend das Haus.

Ich hatte sprechen gelernt. Mein Name ist *Vera Frey*. Mein Bruder Albert nahm mich auf der Lenkstange sitzend mit zu den Weiden, auf denen die herrlichen Tiere mit den Mähnen blond und braun, manchmal silbern, weideten. Ihre Leiber spiegelten sich, wenn die Sonne am Abend glutrot unterging. Es war nur ein Pferd, ein Pony, auf dessen Rücken Albert sein Küken setzte. Ich mochte schreien vor Glück. Aber ich hütete mich, das Pferd damit zu erschrecken. Ich atmete seinen Geruch ein.

Albert führte es am Halfter und ich war ganz sicher, er würde mich beschützen, und ich legte meinen Körper über den Rücken. Spürte bei jedem Schritt des Pferdes seine Muskeln sich bewegen, die mich trugen und wiegten; lachte ganz leise in mich hinein. Legte meinen Kopf auf den Hals des Tieres, spürte seine Wärme.

Ich begann ein Lied zu summen, das die Mutter so oft sang. Ich wünschte, nie möge dieser Augenblick vergehen.

Irgendetwas veränderte sich. Ein brauner Kasten mit rundem Lautsprecher kam, vor dem der gespannte Stoff sich kaum merklich bewegte, wenn eine fürchterliche Männerstimme in ihm brüllte. Dann folgten trommelnde Pauken, Stiefel, die tausendfach auf den Straßen knallten, und jubelnde Menschenstimmen, die aufbrandeten, wenn diese schreiende, manchmal sich überschlagende Stimme des Mannes innehielt.

Die Großmutter schaute hinter den braunen Kasten, den sie Volksempfänger nannten. Irgendwo musste doch der Mann sitzen. Fast jeden Tag brüllte dieser seine Parolen an das deutsche Volk. Die Großmutter schaute wieder hinter den Kasten.

Irgendwo müsse doch der Mann sein, der aus dem Kasten brüllte. Man konnte ihr nicht klarmachen, dass er von weit her aus dem Äther über Drähte seine Stimme schickte.

Mir war diese Stimme unheimlich. Der Vater wollte sie nicht hören und schaltete den Volksempfänger ab. Manchmal murmelte er: »Die Futterkrippen sind dieselben, nur die Schweine haben gewechselt.« Albert aber wollte die Marschmusik hören. Eines Tages kam er im hellbeigen Hemd mit Lederriemen quer über der Brust. Er trug dazu eine dunkelblaue Hose und einen dunkelbraunen Ledergürtel mit einem messingfarbenen Koppel. Ein Fahrtenmesser in einer ledernen Scheide. Mit ihm schnitzte er seinem Küken kleine Wasserräder, die er in den Bach setzte und die dann leise vor sich hinschnatterten. Albert hatte nun immer weniger Zeit für mich. Sein Aussehen befremdete mich ein wenig. Er trug nun einen kurzen Haarschnitt. Sein blondes Haar flatterte nicht mehr im Wind und hatte seinen metallenen Glanz verloren. Seine Stimme klang dunkler. Er wuchs schneller.

Im August wurde ich eingeschult. Der Weg zur Schule führte durch schmale Wege, die Kornfelder säumten. Es gab bis dahin kein einziges Haus. Nahe an unserem Haus lag nur das Geisler'sche Gut, auf dem die Mutter arbeitete. Ich war stolz auf meinen schweren, genarbten braunen Ranzen, der so duftete. Die Butterbrottasche, deren Riemen sich über die Brust legte, wie bei Albert, der der Hitlerjugend beigetreten war und von Zeltlagern und vom Musizieren am Lagerfeuer schwärmte. Seinem Küken erzählte er, dass er nun nicht mehr viel Zeit habe, ihm etwas vorzulesen. Aber dann fragte er nach meinen Erlebnissen in der Schule. Er achtete auf meine Aussprache. Manchmal hatte ich noch Schwierigkeiten bei der Wortfindung. Auch weinte ich, wenn man mich in der Schule deswegen hänselte.

Die Jungen waren die Schlimmsten. Sie lauerten mir auf dem

Heimweg auf und trieben mit mir ihre groben Scherze – sprangen unvermittelt hinter Sträuchern hervor und schlugen mich mit Gerten. Führten mich wie ein Kälbchen mit einem Bindfaden um den Hals zwischen den wogenden Kornfeldern herum, stießen mich unter rohem Gelächter vor sich her, jeden Tag aufs Neue, sodass in mir diese alte Angst neu aufstieg. Die Großmutter ging mir nun entgegen. Vor ihr hatten die Jungen Respekt.

Ich fasste Vertrauen zu dieser großen, hageren Frau, schob meine Hand in die seltsam dünne, kalte Hand der schweigsamen Frau. Sie war die Mutter des immer so ernsten Vaters, zu dem ich keinen Zugang fand. Ich sah ihn nur kurz allabendlich, wenn er vom Bahnhof kommend schnellen Schrittes zum Hofplatz einbog. Am Wochenende, ja, dann kam er am Samstag um 14 Uhr aus der Maschinenfabrik heim. Er hat mir nie mit Strafen gedroht, nie seine Hand gegen mich erhoben, mich aber auch nur ganz selten angesprochen. Es war, als dulde er nur das Kind, das seine Frau aus dem Heim geholt hatte. Er hatte die Schweigsamkeit seiner Mutter, die schroff wirkende Gestik, die auf mich beängstigend wirkte. Aber nicht das allein empfand ich als bedrohlich. Eines Tages hatte ich ihn überrascht, als er die vier zwei Tage alten Kätzchen von Pinka mit einem Spatenhieb köpfte. Noch höre ich das zarte Miauen. Dann war es still. Der Pflegevater wischte den blutigen Spaten im Rasen ab und warf die Kätzchen in ein Loch, das er vorbereitet hatte.

Ich empfand tiefes Mitleid mit Pinka, die tagelang nach ihren Jungen suchte. Von da an mied die Katze die Menschen. Ich begann mich vor dem Pflegevater zu fürchten, mied ihn, wo immer ich konnte. Erlaubte mir in seiner Gegenwart nicht, mich auf den Schoß der Mutter zu setzen, denn ich glaubte, er würde das nicht gern sehen.

Das Schlachtfest stand an. Ich hatte die beiden Schweine

Max und Moritz genannt, obwohl sie doch weiblich waren. Aber die Mutter hatte mir die Streiche von Max und Moritz aus einem dicken Buch immer wieder vorlesen müssen. Schon nach einem Schuljahr begann ich, sie selbst zu lesen. Ich hatte der Mutter beim Füttern der Tiere zugesehen. Im Winter kochte sie kleine Kartoffeln, die man nicht schälen konnte, und die Schalen in einem großen Kessel, das war Futter für eine Woche. Die Mutter nahm das heiße Wasser, mit dem sie das Mittagsgeschirr säuberte, mischte es zu dem steifen, säuerlich riechenden Brei, gab Haferkleie dazu und wärmte das Schweinefutter. Die Schweine hörten am Geräusch, wenn die Mutter den riesigen Blechdeckel vom Kessel beiseiteschob, dass sie zu fressen bekamen. Sie quiekten, grunzten und stießen gegen den Deckel ihres steinernen Troges.

Nebenan meckerten leise Emma, die Ziege, und Meta, das Schaf. Ich durfte ihnen ein paar Hände voll Haferkleie geben. Gierig stießen sie ihre Mäuler in meine Hand, sahen mich erwartungsvoll an. Und ich begann, die Ziege zu dressieren, indem ich ein paarmal mit der Hand über die halb hohe Stallwand streifte. Immer wieder, bis Emma, die aufgerichtet auf der niedrigen Stallwand stand, mich mit ihren gelben Augen ansah und begriff. Nun wusste sie ihr Futter schlau zu erbetteln. Unaufgefordert strich die Ziege nun mit dem Vorderhuf über die Mauerkante und sie bekam von mir eine Handvoll Kleie. Am Abend führte ich Albert das Kunststück vor. »Auf so etwas muss man erst mal kommen«, sagte er. Die Versuche, das auch Meta, dem Schaf, beizubringen, blieben erfolglos.

Alberts Einberufung

Eines Tages stand Albert in feldgrauer Uniform vor mir. Auf dem kurz geschorenen Haar ein Käppi, das er keck trug. »Küken, lies, was da draufsteht.«

»Nichts«, sagte ich.

»Es ist das Zeichen des Großdeutschen Reiches«, sagte Albert stolz.

Aber hier, er zeigte auf das messingfarbene Koppelschloss – ich reichte Albert gerade bis zur Taille – las ich: »Gott mit uns«, und wies zum Himmel. »Der da oben, der Vater vom Jesuskind?«

»Ja, der, mein Küken, der wird uns beschützen.«

Ich konnte damit nichts anfangen und fragte: »Wovor, Albert?«

»Sieh mal, mein Küken«, er wies dabei auf seine Pistole, »wir müssen Deutschland vor den Angriffen schützen. Sie werden uns töten wollen, da müssen wir zurückschießen. Du weißt doch, im September vor zwei Jahren haben die Polen Deutschland angegriffen.«

Ich schwieg, ich erinnerte mich, dass der Vater mit einem Gesicht wie aus Stein der bellenden Stimme des Mannes aus dem braunen Bakelitkasten gelauscht hatte. Der brüllte: »Seit 5$^{\underline{45}}$ Uhr wird zurückgeschossen.« Dann war wieder dieses langsame, dumpfe, unerbittliche Stampfen eines immer marschierenden Volkes unter dem Gebell Hitlers zu hören, unter dem das kleine Haus zu erzittern schien. Das war dem Vater zuwider. Er murmelte etwas und spie verächtlich in die zischende Asche. Murmelte etwas von zehn Millionen Toten im Ersten Weltkrieg …

Die Mutter zischelte: »August, gib acht, du sagst zu oft, was du denkst.«

Ich spürte die Angst, die zwischen ihnen stand. Irgendetwas hatte sich in den nur zwei Jahren verändert. Mich bewegten Gedanken, die so zahlreich und sonderbar waren, für die ich keine Erklärungen hatte. Ich spürte, dass dieses Land, das so geheimnisvoll war, in das man mich geholt hatte, sich zu verändern begann. Es war dieses Schweigen, das etwas mit der Angst gemein hatte, die ich im Heim empfunden hatte, das auch in diese kleine Schule mit acht Klassen in einem Raum drang, in der es manchmal muffig roch, wenn wir unsere feuchten Socken am Kanonenofen trockneten. Der junge Lehrer, der mich zwei Jahre unterrichtet hatte, dem ich nachtrauerte, weil er mich vor den Gehässigkeiten der Jungen schützte, wenn diese sich laut fragten, woher ich denn käme, ob meine Mutter mich vom Heiligen Geist empfangen habe, ich hätte doch keinen Vater. Da wurde mir zum ersten Mal bewusst, dass ich anders war als die, die mich verspotteten, dass irgendetwas in meinem Leben anders verlaufen sein musste. Aber ich wagte nicht, die Mutter danach zu fragen. Die Nächte verbargen diese Gedanken im dunklen Gift meiner Träume, die mich noch immer umringten.

Ich hatte nun, da Albert in Frankreich kämpfte, sein Zimmer beziehen dürfen. Ein eigenes Zimmer. Ich jubelte. Albert hatte das Bett – so groß wie ein Erbbegräbnis hatte er es genannt – für sein Küken verkleinert. Das Bett aus der Gründerzeit war von ihm zu einem schmaleren gezimmert worden. Das Kopfteil mit seinen Schnitzereien und die Kugeln auf dem Pfosten hatte er belassen. Nun stand es, weiß lackiert, jungmädchenhaft im hellblau getünchten Zimmer. Auf der Marmorplatte eine Nachttischlampe, in deren Holzschirm in feinster Laubsägearbeit Motive zu schnitzen Albert sich die größte Mühe gegeben hatte, unterlegt mit gelber Seide, die in der Nacht die Figuren tanzen ließen.

Die Mutter passte den Strohsack an, der mir als Matratze

diente, beließ zum Aufschütteln einen Schlitz, in dem im Sommer, es dauerte nicht lange, die weiße Henne allmorgendlich ein Ei legte. Manchmal, es kam sehr selten vor, lag ich noch im Bett. Die weiße Henne stolzierte ein paarmal auf dem niedrigen Fenstersims hin und her und äugte zu dem Bett. Dann stand ich auf, schüttelte den Strohsack auf und verließ alsbald das hellblaue Zimmer. Beim Betten fand ich dann die Bescherung. Ein Ei von der Henne, der ich den Namen Strupp gegeben hatte, auf den sie hörte.

Es kam ein erster Feldpostbrief von Albert. Er berichtete von vielen Orangen, die es in Frankreich gebe und die sie täglich äßen. Ich konnte mir das nicht vorstellen. Aber ich wusste, was er mit der Zeichnung meinte, mit der er jeden Feldpostbrief versah: ein Pony, von einem Jungen geführt: »Für mein Küken.« Dann bat ich immer wieder die Mutter, den Feldpostbrief zu sehen, der Umschlag und Brief zugleich war. Sie holte das mit Muscheln geschmückte Kästchen, das Albert ihr von der Ostsee mitgebracht hatte, als er an einem Ferienlager teilgenommen hatte. Ganz vorsichtig entfaltete sie den Feldpostbrief, der auf schlechtem Papier Alberts Handschrift trug und diese schöne Zeichnung, mit einem Bleistift gemalt. »Wenn Albert wiederkommt, schenkt er mir ein Pony.« Die Mutter schwieg und legte den Brief in das Kästchen zurück, stellte es hoch oben auf den Sims des Küchenbords, an das ich nicht heranreichen konnte.

Ein Jahr später

Ich war nun elf Jahre alt. Täglich wartete ich wie die Mutter auf Alberts Feldpostbriefe, deren Papier noch dünner war als das Zeitungspapier, auf dem man Bücher zu drucken begann. Ich spielte vergnügt, ohne an den Krieg, der so weit war, zu denken.

Ich gesellte mich nun zu den Kindern, die lärmend das Geisler'sche Gut durchstreiften. Fast hätte ich Albert vergessen, der doch auch dieses Gut schützen half, so hatte er doch bei seinem Abschied gesagt. Ich wartete auf die Schwalben, die im März aus dem Süden zurückkamen, wenn der Schnee langsam zu schmelzen begann. Wartete auf Schwester Margarete Zorn, die nicht mehr kommen würde, wie die Mutter sagte, weil ich nun aus dem Gröbsten heraus sei. Erinnerte mich, dass Schwester Margarete ein- bis zweimal wöchentlich in das kleine Haus kam; dass sie der weinenden Mutter mit beschwichtigender Stimme versicherte, das Kind würde eines Tages zu sprechen anfangen und es würde nicht mehr im Schlaf schreien. Nun sei Schwester Margarete in ihr Mutterhaus zurückgekehrt, seit die Gemeinde eine NSDAP-Schwester einstellen musste.

Ja, es würde nun vieles anders werden. Was sie damit meinte, sagte die Mutter nicht. Mir war bei diesen Worten nicht ganz wohl. Ich schüttelte aber diese Angst wie Staub ab, rannte auf das Geisler'sche Gut, wo Anna, die Enkelin des alten Mannes, mit dem Gesinde, Mägden und Knechten, am Tisch saß. Anna rief: »Komm, Vera, setz dich zu uns.« Und in einem schon etwas herrischen Ton wies sie die erste Magd ihres Großvaters an, einen Teller hinzustellen. Zum ersten Mal hatte man mich bei meinem Namen gerufen und ich ahnte, dass sich noch vieles mehr ändern würde. Aber was, das wusste ich nicht.

Nun saß ich zwischen all diesen fremden Menschen, die mit

halb vollendeten Sätzen aufeinander einredeten, was dieser wortkarge uralte Mann am Tischende in stiller Duldsamkeit ertrug, ebenso wie das Lärmen der Kinder, die seinen Hof durchstreiften und die immer mehr wurden.

»Ist er böse?«, hatte ich die Mutter gefragt.

»Oh, nein, mein Kleines, er ist ein guter Mensch. Weißt du, Konrad, sein ältester Sohn, ist auch in Frankreich, das macht ihm Sorge.«

»Vielleicht trifft er Albert?«

»Das glaube ich nicht«, erwiderte sie, »nicht ein Geisler.«

»Hat er noch Kinder?«

»Ja, eine Tochter, sie studiert an der Universität. Sie heißt Edda, wie Görings Tochter. Ach ja, da gibt es noch den Willy, der ist in Salem und studiert Theologie, liegt am Bodensee, von wo Albert dir aus dem Ferienlager so schöne Postkarten mit Pferden drauf geschickt hat.«

Langsam begann sich dieses Land mit seinen Menschen zu einem Bild zu gestalten, das mir unentbehrlich wurde und für immer in Erinnerung blieb.

»Hat Anna keinen Vater?«, dachte ich. Lange wagte ich nicht, Anna danach zu fragen. Ja, und eine Mutter …

»Aber ja, Vera, nur sind sie viel unterwegs.« Wohin, sagte Anna nicht. »Wir haben noch ein Gut in Ostpreußen. Meine Mutter stammt von dort. In seinen Wäldern gibt es Elche, die sind viel größer als die Hirsche hier. Mein Vater jagt sie. Manchmal besuchen hohe Herren ihn, mit ihnen schießt er Bären.«

»Du meinst, er tötet sie?« Aber »haha« lachte Anna. Ich wollte nichts mehr darüber wissen. Ich kannte die Bären und Elche aus den Büchern, aus denen die Mutter in den ersten Jahren vorgelesen hatte. Nun wusste ich, dass das riesige Geweih von einem Elch im Jagdzimmer war und der dicke Vogel ein Auerhahn.

Im Sommer erkrankte ich an Rachendiphtherie. Es war das Jahr 1943. Albert war nun schon ein Jahr in Frankreich. Es kamen noch immer die lang ersehnten Feldpostbriefe. Irgendjemand hatte sie vor der Mutter schon gelesen. Man sah es am leicht gewellten Verschluss, den man über den Dampf eines Wasserkessels gehalten hatte. Ein Bauer, der nun Ortsgruppenleiter war und dessen Söhne mich auf dem Heimweg von der Schule schlugen, war die Anlaufstelle aller Feldpostbriefe. Ihnen oblag es, sie in der Gemeinde auszuteilen. Sie trugen wie einst Albert die HJ-Uniform. Sie sahen nicht so schick aus wie Albert, denn sie hatten schon viel Speck angesetzt. Aber sie legten dann ihre Großmäuligkeit ab, schlugen die Hacken zusammen und stießen zum Hitlergruß den Arm in die Luft. Es hinderte sie aber nicht, weiterhin verfaulte Steckrüben durch das offene Fenster auf die frisch bezogenen Betten zu werfen, wenn die Mutter Waschtag hatte.

Fritz Offergeld, ein Nachbar, warnte eines Tages die Mutter: »Sag Vera, sie soll nicht von ihrem Dirndl in der Schule prahlen, es sei aus der neuen Fahne geschneidert worden. Und Marie, sag August, dass er am 20. April flaggen muss und er seinen Mund halten soll. Denk an deinen Bruder Hermann.« Die Mutter war ganz bleich geworden. Zum Geburtstag des Führers am 20. April 1943 wehte im Dorf die schönste Fahne im Wind, gekrönt mit einem verchromten Hakenkreuz, das der Vater selbst geschmiedet hatte, das in der Sonne blitzte. Von da an warfen die dicken Jungen des Ortsgruppenleiters keine verfaulten Rüben auf die frisch bezogenen Betten der Mutter und schlugen mich nicht mehr so oft, behielten aber ihre verächtlichen Blicke.

Das störte mich nicht. Ich fürchtete mich nur vor der Gewalt, die man mir und den Tieren zufügte und der wir nichts entgegensetzen konnten. Ich hatte Angst vor ihren Quälereien auf den Wegen, wenn ich allein mit ihnen war und die große knorrige Frau noch nicht erspähen konnte. Viele Male hatte ich weinend mein Essen eingenommen, das so köstlich war. Es roch nach Gemüse und Fleisch und ich hatte gelernt, es zu kauen und zu schlucken, und dann die herrlichen Puddings – Vanille, Schokolade, die die Mutter reichlich mit Soßen begoss. Nie mehr musste ich den dicken Grießbrei aus den eckigen, dickwandigen Schüsselchen essen, der unter dem Gaumen klebte. Ja, und wenn ich erbrach, so wie jetzt, wenn die Jungen des Ortsgruppenleiters mich wieder geschlagen hatten, zwang man mich nicht, das Erbrochene wieder zu essen. Nein, man tröstete mich und schickte mich für eine Stunde zu Bett.

Wenn ich aufstand, gab mir die neue Mutter kleine Aufgaben, etwa die Schuhe zum Besohlen zu ihrem Schwager zu bringen, dessen kleines Fachwerkhaus zwischen Kornfeldern lag. Ich war glücklich, dies für sie tun zu dürfen. Ich sprang von einem Bein auf das andere, warf mich zwischen diese wogenden Kornfelder, die, wenn der Wind sanft über sie strich, wie Meereswellen golden glänzten, wie Alberts Haar, wenn er am Abend zwischen ihnen dahinzufliegen schien.

Albert, der in Frankreich, in einem fernen Land, von Bäumen Orangen pflückte, von denen ich nur zu Weihnachten ein, zwei Stück zwischen den von Mutter selbst gebackenen Plätzchen fand, zwischen Walnüssen, die der alte Mann vom Geisler'schen Hof gegen Tabakmarken tauschte, einen großen Beutel voll, der bis zum September des kommenden Jahres reichte. Die schweren Schuhe im gehäkelten Netz der Mutter schlenkerten gegen meine dünnen Beine. Ihr Gewicht war schwer.

Von ferne hörte ich das schnelle Geklopfe des Schusters, das so lustig klang. Dann trat ich in das dämmrige Dunkel der Stube, in der ein Kanonenofen stand. Daneben ein Ohrensessel, auf dessen speckigen Armlehnen eine ungewöhnlich große Katze saß. Der Schuster hämmerte weiter kleine Holzstifte in die Sohle eines Schuhs, von denen links und rechts eine Menge zusammengebundene sich auf dem Boden türmten. Er sah kurz auf, als ich ihm den gehäkelten Beutel entgegenhielt. »Ah ja«, sagte er nur und nahm einen Bleistift, den er hinter das rechte Ohr gesteckt hatte, und schrieb den Namen »Kleine« auf die Sohlen und warf sie zu dem Haufen. Es roch nach Pech und muffigem Leder. »Gibt's sonst was Neues?«, fragte er.

»Nein.« Ich schüttelte den Kopf.

»Habt ihr von Albert Post?« Er legte den fertigen Schuh beiseite, entnahm mit seinen pechbehafteten Fingern ein Stück Schokolade, so glaubte ich, aus einem gelben Blechkästchen. Ein Mann mit gezwirbeltem Bart und lachendem Gesicht schaute mich an. »Willst du auch ein Stück?« Er brach ein kleines Stück ab. Ich spie es sofort wieder aus, fand das gar nicht mehr spaßig, fühlte mich vom Schuster hintergangen. Der lachte und spie einen braunen Saftstrahl durch das Fenster, unter dem seine Frau ein Rosenbeet angelegt hatte.

»Onkel Julius, warum bewegt sich bei dir nur ein Auge?«

»Ganz einfach, weil das andere aus Glas ist. Man hat es mir im Krieg herausgeschossen.« Er nahm es zum schrecklichen Vergnügen heraus und sagte: »Nimm es mal in deine Hand!«

Es fühlte sich warm und glitschig an. Ich sah mit Schaudern in die lachsfarbene tote Höhle und hielt ihm das Glasauge hin. Der Schuster drückte es mit einem schmatzenden Laut in die Augenhöhle. Ich war irritiert und fragte: »Im Krieg?«

»Ja, im Ersten Weltkrieg, als ich so alt war, wie Albert heute ist. Wenn wir nicht aufpassen, wächst sich dieser auch dazu aus.«

»Red keinen Unsinn«, warf Tante Lieschen ein, die in die Schusterstube kam. »Und spuck nicht immer den Priemsaft in mein Rosenbeet.« Und zu mir gewandt: »Komm mit in die Laube, kannst da eine Tasse Kakao trinken.«

Auf der Diele roch es nach Kaninchen, Ziegen und einem

Schwein, das in seinem Auslauf leise grunzend im Schlamm wühlte. In der dicht bewachsenen Laube roch man nichts davon. Dicke Weintrauben hingen herab. Tante Lieschen wackelte immer leicht mit dem Kopf, als würde sie sich dauernd über etwas wundern, dachte ich. Sie setzte mir eine Schale Himbeeren hin, gab einen Klecks Sahne darauf und sagte: »Wird Zeit, dass du dicker wirst. Bist zu mickrig.« Der Kakao schmeckte etwas muffig, was mich nicht daran hinderte, einen weiteren Becher zu erbitten. Auf dem Nachhauseweg hörte ich noch eine Weile das lustige Gehämmer aus der Schusterstube.

Am nächsten Tag durfte ich den Pflegevater zum ersten Mal zum Gut begleiten. Er schuldete dem alten Mann den jährlichen Pachtzins. Auch sollten wir aus dem Keller des Gutes, den man uns mietfrei überlassen hatte, gepökeltes Fleisch mitbringen. Der Vater hatte sich beklagt, dass die Hühner der Geislers auf seinem Acker die erste Saat aufpickten. Dem Gutsherrn sagte er nichts davon und ich hatte gelernt, dass man zu schweigen habe, wenn Erwachsene sich unterhielten. So saß ich still am Tisch, betrachtete die beiden Männer, bemerkte, wie leutselig der Gutsherr mit dem Vater umging, als dieser ihm die Tabakmarken zuschob, fast gnädig, so schien es mir. Der alte Herr rief nach seiner ersten Magd und befahl ihr, die Schnapsflasche, ein Stück Butter und Brot zu holen. Das schob er dem Vater zu. Wie er es tat, hatte etwas Gönnerhaftes an sich. Er wusste, dass seine Pächter diese Köstlichkeiten sonst nie genießen konnten, und schob mit einem breiten Grinsen dem Vater ein Glas selbst gebrannten Schnaps zu, den der Pflegevater, indem er vor ihm aufstand, mit stotterndem Dank annahm. Ein Anflug von Ärger stieg in mir auf, als ich sah, wie er sich vor dem Gutsherrn klein machte. Ich begriff noch nicht, dass ihm, dem das Leben so viel schuldig geblieben war, nichts anderes übrig blieb.

Die erste Magd, mit der der Gutsherr ein Kind gezeugt hatte, das die Dörfler den »Bastard« nannten, rumorte an dem riesigen Herd, schob mit dem Feuerhaken klirrend die Ringe vom Feuer und senkte den gusseisernen Topf hinein. Sie war eine früh verblühte Frau.

Die Mutter schimpfte, dass er nicht das Gewünschte aus dem Keller geholt hatte. »Nun gut«, meinte sie sofort versöhnlich, »dann gibt es morgen Blindhuhn, Möhreneintopf ohne Fleisch«, erklärte sie mir. Zum ersten Mal beauftragte man mich von nun an, an jedem Samstag die Diele zu schrubben. Man könne nicht früh genug mit den Arbeiten und Pflichten beginnen.

Der Tod der Großmutter

Es begann ganz unauffällig oder es war mir deshalb zunächst nicht aufgefallen, weil die Großmutter vom alten Schlag war, wie die Westfalen die Leute bezeichnen, die über ihre Leiden nicht sprechen. Aber dann hatte der Husten sie hingestreckt. Bald war dieses Keuchen Tag und Nacht zu hören. Ich saß oft an ihrem Bett und erlebte ihr friedliches Sterben. Wenigstens erschien es mir so. Täglich kam eine NSDAP-Krankenschwester im langen braunen Kleid und mit weißer gestärkter Haube, unter dem Kragen eine Brosche mit dem Zeichen NSDAP-Schwesternschaft. Sie besuchte auch andere im Dorf: den schwachsinnigen Knecht vom Ortsgruppenleiter, der immer fleißig das Feld bestellte und am Abend, wenn die Knechte Skat spielten, so traurige Lieder auf der Mundharmonika spielte und mit ihnen unter der mächtigen Linde saß, aber etwas abseits, denn er roch immer etwas streng, so wie der alte Ziegenbock, den die Dörfler auf unserer Deckstation hielten. Man erzählte sich, dass er sich manchmal den Kindern zeige, die dann lachend davonrannten.

Ich sah, wie die Krankenschwester, die man die braune Schwester nannte, sehr behutsam mit der Mutter jeden Tag die Großmutter bettete, ihr Spritzen gab und mit freundlicher Stimme zu ihr sprach, das beeindruckte mich sehr. Nach ein paar Tagen verstummte der keuchende Atem. Man verwies mich des Zimmers mit dem Hinweis: »Später kannst du zu ihr gehen.« Nach einer Stunde führte die Mutter mich an das Bett der nun stillen Großmutter, die mir jetzt so fremd erschien, dass ich fror. Die Mutter sagte: »Die Großmutter ist jetzt im Himmel. Sie wird dir jetzt vom Himmel aus zusehen, auch wenn du aus der Schule kommst, um dich zu beschützen.« Aber daran konnte ich nicht glauben. Ich sah schaudernd auf

die bleiche Frau und wusste, dass diese mich nicht mehr beschützen würde. Ich weinte nicht, sah nur lange auf das Gesicht
der Frau, der ersten Toten in meinem Leben, und wunderte
mich, dass das Gesicht nun so seltsam glatt war. Die Mutter
sagte: »Geh in den Garten und hol Blumen.« Ich zögerte, wollte
wissen, warum man die Bibel unter das Kinn gelegt habe. »Sie
liest darin.« Ich konnte auch das nicht glauben.

Die Erwachsenen sagten und taten oft Dinge, die ich nicht
verstand. Ich fragte sie, warum man so abfällig von dem Kind
der Magd und des Gutsherrn spreche, es den Bastard nenne.
Dass der Bastard in ein Heim gegeben worden sei. Und was
den Gutsherrn anginge, der könne schließlich seine Lust nicht
durch die Rippen schwitzen. Ich musste immer daran denken
und fragte mich, ob das Kind im Heim nun auch so leiden
müsse.

Posaunenklänge begleiteten einen Augenblick lang den Leichenzug, ehe er zwischen dem Kornfeld verschwunden war.

Rachendiphtherie

Einen Monat später warf es mich danieder. Im Land wütete eine Krankheit, die in Deutschland Tausende von Kindern dahinraffte. Die Zeitung brachte eine Seite voll von Todesanzeigen.

Eine bereits im Ruhestand lebende Ärztin wurde gerufen. Sie ging mit der Mutter in die Küche. Ich hörte: »Vera wird es nicht überleben. Sie wiegt nur dreiviertel von dem, was sie wiegen sollte. Sie hat der Krankheit nichts zuzusetzen. Geben Sie sie in die Isolierstation des Kreiskrankenhauses.«

Die Mutter sagte: »Nein, wenn Vera sterben sollte, dann in meinen Armen.«

»Frau Kleine, bedenken Sie, das bedeutet für Sie totale Isolation, das heißt, nur Sie allein haben Zutritt zu Vera. Ich werde zunächst jeden Tag kommen. In einer Woche wird vielleicht die Krise sein oder erst in sechs Wochen. Wir können auch nicht die NSDAP-Schwester hinzuziehen, zu groß ist die Gefahr für andere Familien.«

Im blauen Zimmer, das neben dem Schlafzimmer der Mutter lag, wurden die Vorhänge zugezogen, durch die das Sonnenlicht eines heißen Sommers schimmerte. Die Fenster waren angelehnt. Ein paar Tage lang hörte man noch allmorgendlich das aufgeregte Gegacker der weißen Henne, die ihr Ei legen wollte und gegen die Glasscheibe pickte. Dann gab sie auf. Im abgedunkelten Zimmer lag der Desinfektionsgeruch von Sagrotan. Mein röchelnder Atem erfüllte das Zimmer.

Die Mutter hatte ein gerolltes Handtuch durch die Türklinke ihres Schlafzimmers gezogen. So hörte sie auch in der Nacht, wenn ich um Atem rang, den sich anbahnenden Erstickungsanfall, von dem sie wusste, dass er der letzte sein könnte. Sie nahm mich auf, stützte mich, sprach mit einer Stimme, die ich irgendwann schon einmal gehört hatte. Ich wollte der Mutter antworten, konnte aber nur mit kloßiger Sprache Wortfetzen hervorstoßen. Die Mutter spürte den süßen, fauligen Atem durch den Mundschutz dringen. Meine Stimme wurde vom bellenden Husten abgeschnitten. Ich rang mit letzter Kraft um Atem und empfand die schreckliche Angst, die ich damals im Heim empfunden hatte, wenn die Heimleiterin mein Gesicht in ihren Schoß presste, bis ich zu ersticken drohte. Und doch, hier war es anders.

Ich nässte ein, und die Mutter nahm mich mit zärtlichen Lauten auf, wusch meinen zitternden Körper, den man nicht mehr schlug. Meine Stimme wurde immer leiser. Die Sehkraft schwand. Ich konnte keine Farben mehr erkennen. Die Wände waren nicht mehr hellblau, sondern schiefergrau. Die Stimme der Mutter entfernte sich.

Die Ärztin begann, die Mutter auf mein Ableben vorzubereiten, die gehofft hatte, ich würde überleben. »Sie atmet doch ein wenig ruhiger, Frau Doktor.«

»Nein, Frau Kleine, das ist der Ausdruck einer Atmungsschwäche. Veras Kräfte schwinden. Das Herz wird schwach. Es kann plötzlich stehen bleiben. Im Schlaf, Frau Kleine. Sehen Sie, wie das Kind sichtbar verstärkt um Atem ringt, und doch wird er schwächer. Wir können nur noch warten. Wir haben keine Medikamente, die ihr Leiden auch nur lindern könnten. Ich vermute, dass die Krise in der nächsten oder übernächsten Nacht über Leben und Tod entscheidet. Lassen Sie Vera nicht allein. Sie könnte unbemerkt versterben.«

Der sechste Tag brach an. Meine Augen wurden lichtscheu, waren stark geschwollen, von eitrigem Sekret verklebt.

Die Mutter stellte Alberts geschnitzte Nachttischlampe auf die Erde, sodass deren Licht nur ihr Gesicht beleuchtete. Die siebte Nacht brach an. Mein Atem wurde schwächer, die Pausen zwischen den Erstickungsanfällen wurden länger. Im

Raum schwebte der süßlich faule Atem, mein Puls raste. Die Mutter lauschte auf jeden Atemzug, sprach ganz leise zu mir, wollte mich nicht gehen lassen. Musste manchmal innehalten, um nicht laut aufzuschluchzen.

Sie dachte an Albert, seinen letzten Feldpostbrief aus Frankreich. Jetzt verlor sich seine Spur in den Weiten Russlands. Hörte ihren Mann durch den Türspalt leise schnarchen. Wischte mir den eitrigen Fluss aus den Augen. Kühlte meine fiebrige Stirn und begann mit mir wieder zärtlich zu sprechen. Sie schlief in den Morgenstunden erschöpft ein. Später erinnerte sie sich, dass Vogelgezwitscher sie geweckt hatte und dass das Licht der Nachttischlampe ihren Schatten nicht mehr gegen die getünchte Wand warf. Es war ein neuer Tag angebrochen, der ihr die Gewissheit gebracht hatte, dass ich leben würde. Sie wandte sich zu mir, sah, dass ich sie ansah, nun ohne Angst, und dass ich lächelte.

Nach acht Wochen konnte ich wieder in die Schule gehen. Es war ein fremder Lehrer gekommen, der den ersten Lehrer ablöste, der, so hieß es, mit der sechsten Kompanie auf Moskau zumarschiere. Der war so alt wie Albert. Er hatte mich so behutsam durch das erste und zweite Schuljahr geführt, dass ich jetzt die Sätze leicht formulieren konnte und die beste Schülerin war, wenn wir Aufsätze und Diktate schrieben. Nach der langen Krankheit, von der ich mich nur ganz langsam zu erholen begann, durfte ich nicht am Sportunterricht teilnehmen. Stattdessen schickte mich der Lehrer täglich auf den Schulboden, um den Huflattich zu wenden, den wir laut Anordnung des Winterhilfswerks sammelten.

Eines Morgens, als ich wieder zum Wenden auf den Trockenboden ging, sah ich ein zweites Mal einen Toten. Es war der Hausmeister, der sich dort erhängt hatte. Angesichts des sich leicht drehenden Körpers, der wie eine der Puppen vom Kasperltheater aussah, erstarrte ich, sah gebannt auf die heraushängende Zunge zwischen seinem verrutschten Gebiss, sein fletschendes Grinsen erschreckte mich. Die großen klobigen Hände und der lange dünne Hals erinnerten mich an eine Kasperlepuppe. Er hatte sich eingenässt. Ich erzählte es der Mutter. »Das tun Erhängte immer«, meinte sie. Später tuschelte man hinter vorgehaltener Hand, dass der Hausmeister, der ein Kommunist war, zur Umerziehung nach Sachsenhausen geschickt werden sollte. Ich wagte nicht zu fragen: »So wie dein Bruder Hermann?«, dessen Foto im ovalen Rahmen in der Stube über dem Biedermeiersofa hing. Ich hatte es immer wieder betrachtet.

Er war der Jüngste von acht Geschwistern – 14 Jahre jünger. Ein schöner, stattlicher Mann von 24 Jahren. Irgendjemand hatte erzählt, dass er ein Bruder Leichtfuß sei, der bei den Weibern seine Finger nicht bei sich behalten könnte. Und kein Freund des Dritten Reiches gewesen sei. Was immer das auch sein mochte, ich hatte es vergessen. Freute mich, als man mir aus der roten Hakenkreuzfahne ein Dirndl nähte, mit hübschen Bordüren, die die Mutter von ihrem zerschlissenen Sommerkleid getrennt hatte. Ich erinnerte mich, dass sie es an jenem Aprilmorgen trug, an dem sie mich in ihre Arme schloss und von einem Haus sprach, in das sie mich holen wollte.

Die ersten Kriegsgefangenen

Die ersten Kriegsgefangenen trafen ein. Ein Franzose und ein Pole. Sie saßen getrennt vom übrigen Gesinde an einem Tisch, bekamen aber das Gleiche zu essen. Ich fragte die Mutter nach dem Grund. »Anordnung vom Führer, mein Küken, und frag nicht so viel.« Es lag etwas Warnendes in ihrer Stimme, sodass ich nicht wagte weiterzufragen.

Neugierig betrachtete ich den alten Gutsherrn, wie er mit tastender Gebrechlichkeit immer mühsamer, auf einen Gehstock gestützt, sich schwer atmend an den Tisch schleppte. Schlürfend sog er die Suppe durch seine schadhaften Zähne. Er wurde immer schweigsamer. Eines Tages kamen Wehrmachtsoffiziere und verlangten von ihm, seine besten Pferde herzugeben. Mit versteinertem Gesicht sah er deren Abtransport zu. Er erwiderte nicht den Gruß der Offiziere. Sein Leibpferd hatte er im Schuppen versteckt. Niemand verriet ihn. Dieses Pferd begleitete ihn bis zum Grab. Drei Wochen später erlitt er einen Schlaganfall. Ein paar Wochen noch saß er im Rollstuhl und starrte in die Leere seines Lebens, aus dem ihn nur das freudige Wiehern seines Leibpferdes reißen konnte. Der französische Kriegsgefangene verstand und führte es täglich an den Rollstuhl seines Herrn. Ich sah den alten stummen Mann weinen. Das Pferd neigte seinen edlen Kopf zu ihm herab und schnupperte den Geruch seines Herrn ein, riss den Kopf hoch, wieherte fast ängstlich, so erschien es mir. Ich hatte großes Mitleid mit ihm. Von da an waren wir Kinder leiser in der Nähe des Gutsbesitzers.

Drei Wochen später starb er. Die erste Magd war bei ihm. Die Mutter wurde von ihr zu Hilfe gerufen. Mich dürfe sie mitbringen, denn es würde spät werden, so hatte sie auf einen Zettel geschrieben, den der Pole Ludger ihr übergab. Die anderen Kinder hatte man des Hofes verwiesen. Eduard, der Älteste, war mit Frau und seiner Tochter Anna aus Ostpreußen gekommen.

Ich sah, wie der erste Knecht, in seinem besten schwarzen Anzug, den Zylinder aufsetzte, vor Eduard Geisler, den neuen Herrn hintrat, den Zylinder zog und sagte: »Der Herr ist gestorben.« Dann tat er vor den Frauen des Trauerhauses, in den Ställen vor dem Leibpferd des Verstorbenen und dem übrigen Vieh diesen Ausspruch und schließlich auch in dem Garten vor den Bienenstöcken.

Am Beerdigungstag stieg die Sonne auf, senkte sich gegen Mittag und warf einen breiten Lichtstreifen auf das Gesicht des Toten, das durch den hauchzarten Schleier schimmerte, mit dem man es bedeckt hatte, weil Fliegen es zu umkreisen begannen.

Ich saß zwischen den leise murmelnden Menschen, sog den Duft von Butterkuchen ein, der vom Wirtschaftsteil herüberwehte. Die Organistin, das bucklige Fräulein Ruschhaupt, setzte sich an die Wurlitzer-Orgel, die über drei Manuale verfügte und aus deren honigfarbenem Holzkörper wundervolle Töne quollen. Als die Klänge verstummten, hörte man Hufgeklapper auf dem Kopfsteinpflaster. Das Leibpferd des Verstorbenen erschien, vom ersten Knecht geführt, im Türbogen der Diele und warf seinen Schatten auf das Gesicht seines Herrn. Mich fröstelte.

Ein junger blonder Mann stand neben Eduard. Er weinte, als man den Sargdeckel zuschraubte. Es war Willy, sein jüngster Sohn, der Theologie studieren wollte, jetzt aber in Frankreich stationiert war, wie sein Bruder Konrad, der keinen Heimaturlaub bekommen hatte. Ich saß ganz still, konnte den Blick nicht von Pastor Mann abwenden, der am Kopfende des nun geschlossenen Sarges stand und besonders feierlich vom Wirken und Sterben eines Menschen sprach, den man nun sehr vermissen würde. Ich hatte ihn oft auf dem Gut gesehen, wo man ihm gut zu essen gab, ihn immer wieder zum Zugreifen ermahnte: »Essen's, Herr Pastor, sonst kriegen's die Schweine«, pflegte der alte Geisler zu sagen.

Man sagte, dass Eduard weniger freundlich sein würde. Nach der weitschweifigen Rede des Pastors kam Bewegung in die Trauergemeinde. Das Leibpferd wurde vom ersten Knecht gehalten. Der prächtige Geisler'sche Leichenwagen, wieder von Pferden gezogen, die man ihm gelassen hatte, nicht von den einst stolzen Rappen, die die Wehrmachtsoffiziere requiriert hatten. Auch waren die nicht von gleicher Höhe, ihre Leiber nicht muskulös und von schwerfälligerer Gangart durch die tägliche Arbeit, Furchen im schweren Acker ziehen zu müssen. Zitta, die blonde Stute, die fast jedes Jahr ein Fohlen warf, zog nun des alten Mannes Leichenwagen. Neben ihr ihr vierjähriger Sohn Max, der mit ihr Jahr um Jahr Furche um Furche bis an den Horizont, so schien es mir, in die Äcker des Gutes zog. Dem Gespann folgte auf dem Acker ein Schwarm Krähen, die nach den weißen, fetten Engerlingen suchten, die reichlich auf die glänzende Erde geworfen wurden.

Hinter dem Leichenwagen lief, zunächst im tänzelnden Schritt, das schöne Leibpferd des Toten, vom ersten Knecht geführt. Später fiel es dann in einen stolzen, ruhigen Schritt, in dem es seinen Herrn bis ans Grab begleitete. Über den Rücken des Pferdes hingen die Reitstiefel über dem Sattel zusammengebunden, mit den Fersen zum Sarg hin. Die Mutter antwortete auf meine Frage, dass das Pferd nun dem neuen Herrn gehöre, der die Stiefel des ehemaligen Herrn dem Knecht übergab, der sie an das riesige Geweih eines Elchs hängte, den jemand in Ostpreußen geschossen hatte. Auch das Jagdgewehr gesellte sich dazu. Das Geweih des Elchs nahm fast die ganze Frontseite des Jagdzimmers ein. Der Kopf wirkte plump und sein Maul schlabberig. Aber als ich es vorsichtig berührte, fühlte es sich wie hart gegerbtes Leder an. Aus traurigen halb geschlossenen Augen sah er auf mich herunter, die sich auf die darunter stehende Eichenbank gestellt hatte. Anna kicherte. Zwischen den hohen Rundbogenfenstern breitete ein Auerhahn sein blauschwarzes Gefieder aus. Sein runder, plumper Körper wurde von stämmigen Beinen getragen, die einen dicken Ast umklammerten. Ich fragte: »Auch in Ostpreußen geschossen?« Anna nickte. »Die Wälder sind voll von ihnen.« Über dem riesigen Sofa hingen Bilder von dem fernen Land, aus dem Annas Mutter stammte. »Die Wälder sind unendlich, Vera.«

Der letzte Feldpostbrief von Albert kam. Er trug das Datum vom 31. Dezember 1942, und wieder hatte Albert ihn mit einer Zeichnung versehen. Diesmal zeigte sie den Zug der drei Könige aus dem Heiligen Land, die einem Stern folgten, in prächtigen Gewändern, bis auf den letzten, der die Gestalt eines zerlumpten Soldaten zeigte, der ein Pony führte. »Für Küken«, stand darunter. Die Mutter weinte, legte den Brief zu den anderen in das muschelgeschmückte Kästchen, stieg auf das Holzbänkchen und schob es außer Sichtweite zurück auf den Sims. Von da an kam kein Lebenszeichen mehr.

Die Linde hatte wieder gelbe Blüten, deren Duft ein heißer Wind in mein blaues Zimmer trug. Die Felder verdorrten. Die Bäche in den Wiesen trockneten aus. Noch glühte der Klatschmohn zwischen Kornblumen und Margeriten. Ich war noch immer so durchsichtig und zart, dass die Mutter mich manchmal wieder Küken nannte. Ich war so im Spiel versunken, dass ich den Lärm der Flugzeuge nicht hörte und ebenso wenig die brüllende Stimme aus dem Volksempfänger. Wieder schickte mich die Mutter auf die abgeernteten Kornfelder, wenn der Tag sich neigte, um die Ähren abzusammeln, Feld um Feld, bis sie ein Brot ergaben. Ich war stolz, wenn die Mutter mir die erste Scheibe Brot mit der etwas streng schmeckenden Ziegenbutter mit den Worten reichte: »Ohne deine Hilfe hätten wir nicht so ein herrliches Brot.« Wenn ich mich wieder einmal sehr schwach fühlte, weil ich mit der Schulklasse auf die Kartoffelfelder zum Absuchen von Kartoffelkäfern geschickt worden war, kochte die Mutter in der Woche einen Pudding aus der Kuhmilch, die sie vom Geisler'schen Hof mitbrachte, und briet in der gusseisernen Pfanne dünne Kartoffelpfannkuchen im Schweineschmalz, darauf ließ sie reichlich Rübenkraut fließen. Auch bei der Zubereitung des Rübenkrauts hatte ich die Pflicht, kurzzeitig mit dem langen Holzstab unentwegt im Kupferkessel zu rühren. Wenn die Mutter darin Pflaumenmus kochte, stand ich auf einem Holzbänkchen, den mageren Körper gegen die Wärme des Kessels gelehnt, und sog den fruchtigen Duft ein.

Das Schlachtfest

Ein letztes Mal schlachteten wir ein Schwein. Feiner Staub rieselte aus den Ritzen des Dachbodens, als im kalten Winterlicht der Sonne eines der Schweine auf die Diele getrieben wurde. Es quiekte durchdringend und wehrte sich gegen den Schlachter, der, in frisch gestärktem Kittel und blendend weißer Gummischürze und langschäftigen Gummistiefeln, es mit leichten Schlägen auf dessen Hinterbacken vor sich hertrieb.

»Es riecht das Blut an seinen Stiefeln«, sagte die Mutter. Ich wollte auch diesmal in das angrenzende Wäldchen rennen, wie all die Jahre davor. Aber die Mutter rief mir nach: »Du bist nun alt genug, um mitzuhelfen.« Sie hielt mir die rotbraune Schüssel hin und befahl mir herbeizuspringen, sobald die Kehle des Schweins durchschnitten sei. Ich sah, wie der Schlachter das Bolzenschussgerät genau zwischen den Augen des Schweins ansetzte, die Stahlspitze drang tief in seine Stirn. Es fiel lautlos auf die Knie. Dann riss der Schlachter es mit einem Ruck in die Seitenlage. Mit einem einzigen Schnitt öffnete er die Schlagader, das Blut sprang zuckend in die Schüssel. Ich übernahm die Arbeit, die sonst die Erwachsenen machten, rührte unentwegt das Blut, das sich schäumend in die Schüssel ergoss. Erschöpft wollte ich innehalten, aber die Mutter rief: »Weiter, Vera, sonst gerinnt das Blut.« Sie rief mich nun immer öfter mit meinem Namen. Ich war nun fast ein großes Mädchen, dachte nicht mehr darüber nach, dass nun ein Schwein vor mir lag, das ich ein Jahr lang gefüttert hatte und dem ich einen Namen gegeben hatte, auf den es hörte. Ganz langsam fühlte ich mich in die Gemeinschaft der Erwachsenen aufgenommen. In der Armbeuge spürte ich die Wärme des Blutes, mit dem die Schüssel sich füllte. Ja, ich wollte die Mutter vor all diesen Leuten nicht enttäuschen.

Dann schleppte ich Kessel um Kessel kochendes Wasser zum Schlachter, der es über das Schwein goss und es Streifen für Streifen glatt schabte, sodass es wie Marzipan schimmerte. Danach legte man es rücklings auf eine Leiter, durchschnitt seine Fußsehnen, an denen man es aufhängte, und lehnte die Leiter gegen die Dielenwand. Dann begann der Schlachter mit einem Beil den Kopf zu spalten und mit einem einzigen scharfen Schnitt den Körper aufzubrechen. Die Innereien stürzten dampfend in die Wanne, die er gegen seinen Bauch hielt. Nun schaute ich in die leere Bauchhöhle, über der die zwei Lungenflügel rotbraun schimmerten. Der Schlachter sagte: »Wir Menschen unterscheiden uns vom Schwein nur dadurch, dass wir einen Blinddarm haben. Ansonsten liegen unsere Organe genauso angeordnet wie hier.« Er wies mit der Messerspitze auf die Leber, darunter auf die beiden Nieren. Im 15. Jahrhundert, als man noch keine Leichen zu Studienzwecken aufschneiden durfte, nahm man Schweine. Dann spülte er mit zwei Eimern voll kaltem Wasser die geöffnete lachsfarbene Bauchhöhle, legte rechts und links die fetten Bauchlappen zurück, die eine dicke Schicht Speck angesetzt hatten. »Feine Flomen«, sagte der Schlachter, »reicht für ein Jahr«, und verhüllte den aufgebrochenen Körper mit einem schneeweißen Laken, wusch sich gründlich die blutverschmierten Arme im steinernen Spülbecken. Ich holte zum Nachspülen einen Kessel warmes Wasser und reichte ihm ein graublaues Grubenhandtuch.

»Also, Marie, wenn mir morgen früh der Trichinenbeschauer freie Fahrt gibt, komm ich gegen Mittag und verwurste das Schwein.« Er nahm einen zweiten klaren Schnaps, kippte den schnell herunter und gab einen wohligen Laut von sich. Die Mutter gab ihm noch eine Flasche Johannisbeerlikör für seine Frau mit, die ihr zugesagt hatte, beim Verwursten des Schweins mitzuhelfen. Sie stellte den Likör in den Kriegsjahren selbst her. Ich betrachtete sein Werden, wenn er in großbauchigen grünen Ballonflaschen manchmal leise vor sich hinblubberte und kleine Bläschen hochstiegen, als erzählte er eine Geschichte. Im Likörglas duftete er herrlich und seine rubinrote Farbe glich dem winzigen Stein, der in des Vaters Krawattennadel schimmerte.

Am Abend kehrte Ruhe ein. Ich hatte die Diele gründlich geschrubbt, die Schüssel mit heißem Sodawasser gereinigt und unter den Kopf des Schweins eine Schüssel gestellt, in die manchmal noch ein Tropfen Blut fiel. Ich hatte dies bei den vorangegangenen Schlachtungen beobachtet, es bedurfte keiner Anweisungen. Eimer um Eimer schüttete ich das Wischwasser in den Schnee, der sich rot färbte. Mutter sagte: »Besser, du schüttest das Aufwischwasser in das Plumpsklosett, du lockst den Fuchs sonst an.« Die Mutter hatte sich nie mit Anweisungen allein begnügt, sondern erklärte mir auch, warum ich dies oder jenes so tun sollte. Der Trichinenbeschauer kam spät, entnahm von der Lunge, der Leber und anderen Organen kleine Fleischstückchen, setzte sich in die Küche, zerschnitt die Proben, legte sie unter das Mikroskop und schob sie leise murmelnd hin und her. Die Mutter schaute gespannt zu, sie schien nervös. »Marie, alles in Ordnung. Schwein gehabt, ihr könnt es verwursten.«

Mutter stieß einen Seufzer der Erleichterung aus und sagte: »Hoffentlich ist das andere auch gesund.«

»Wir werden sehen«, brummte der Trichinenbeschauer in seinen mächtigen Schnauzbart. »Offergelds Schwein hatte Tuberkulose, mussten es für 350 Reichsmark an die Freibank verkaufen.«

»Puh, was sind schon 350 Reichsmark für ein Jahr Arbeit?«

»Das kannste wohl sagen, Marie.«

Es war noch kälter geworden. Die Mutter legte mir nun zwei Steinhägerflaschen mit Sand gefüllt in den Backofen, die sie eine Stunde vor dem Zubettgehen mit einer dicken Wollsocke überzog und mir ins Bett legte. Eine an die Füße, eine in die Mitte und das Kopfkissen obendrauf. So hatte ich es an drei Stellen vorgewärmt. Wenn ich mich auf die Seite legte und mit angezogenen Knien den Schlaf fand, wachte ich manchmal vom fernen Rauschen auf. Es waren Flugzeuge, die das flache Land noch mieden, aber irgendwo in einer Stadt ihre tödliche Fracht abwarfen. Ich dachte an die Schwester der Mutter, Tante Hanna, in Bielefeld, deren Schwein nun allein im Koben lag und das wir im Januar 1945 schlachten würden.

In dieser Nacht, in der in der Diele das geschlachtete Schwein wie ein riesiger weißer Körper im milchigen Mondlicht hing, mied ich den Weg durch die Diele, den ich zum Plumpsklosett nehmen musste, und benutzte den geblümten Nachttopf der Mutter. Wir standen früh auf. Die Nacht war voller Geräusche gewesen. Immer wieder war der heftige Husten des Vaters zu hören, der in letzter Zeit sein ständiger Begleiter war. Manchmal hörte ich Mutter mit dem Vater nebenan von Albert sprechen. Es kamen keine Feldpostbriefe mehr.

Der Morgen war schneidend kalt. Der Vater zog eine dicke Joppe über den Pullover, setzte Ohrwärmer auf und eine Schirmmütze. Es hatte die ganze Nacht geschneit. Der schmale Weg zum Bahnhof war verweht. Der erste Zug hatte die Bahnschwellen freigelegt. So ging der Vater auf diesen zur Station. Ich hörte ihn husten. Dann hatte ein Schneegestöber ihn verschlungen.

Der Schlachter kam mit seiner Frau pünktlich zum Mittagessen. Es gab einen deftigen Eintopf mit viel Fleisch, zum Nachtisch heißen Grießbrei mit viel geschmolzener Butter und Zimt. Alles war bereit, als ich aus der Schule kam. Ich erzählte, dass der Knecht, der so schöne Lieder auf der Mundharmonika spielte, in ein Krankenhaus gebracht worden sei, aber nicht in das Kreiskrankenhaus. Die Mutter und der Schlachter sahen sich schweigend an.

In der Diele kochten das Wellfleisch, die Leber, das Herz im Kupferkessel. Die Mutter entnahm es und drehte es durch den Fleischwolf. Der heiße, fette Dunst stieg ins Gebälk. Der Schlachter krempelte die Ärmel seines weißblauen Kittels hoch und mischte in einer ovalen Zinkwanne das Wellfleisch, die Leber, alles fein püriert, schüttete Mehl hinzu, grub in der Masse bis zum Ellenbogen, befahl uns, gewürfelten Speck und eine Schale gewürfelte Leber hinzuzugeben, knetete weiter, gab wieder Pfeffer und Majoran hinzu, reichte auf dem Zeigefinger der Mutter eine Probe, die nickte begeistert. »Also dann«, sagte er zufrieden und füllte die noch warme Fleischmasse in papierne Schläuche und band sie mit flinker Hand an beiden Enden mit einem rot-weißen Bindfaden ab. Ich legte die Würste Stück um Stück auf strohbedeckte Bretter, damit sie abkühlten. Dann mischte er die Blutwurst mit noch mehr und größeren Speckwürfeln und mischte seine mitgebrachten Gewürze bei, deren Mischung sein Geheimnis blieb, die dadurch im Geschmack nicht von anderen übertroffen werden konnte. Ich musste wieder die Schüsseln mit heißem Wasser reinigen, dem die Mutter einen Teelöffel Soda beimischte, damit das Fett leichter entfernt werden konnte. Währenddessen würfelte die Mutter die großen Flomen, erhitzte sie im Topf und goss das flüssige Schmalz in einen braunen Steintopf und stellte ihn auf die Bank, bis es zur festen weißen Masse erstarrte.

Am Abend sollte es Blutpfannkuchen geben, den der Vater so gern aß. Dazu schnitzelte ich feine Apfelscheiben vom süßsäuerlichen Boskop. Ich mochte den Blutpfannkuchen nicht. Am anderen Morgen belud die Mutter den Bollerwagen mit den inzwischen erkalteten Blut- und Leberwürsten, den Mettwürsten und der Sommermettwurst in der Schweinsblase, die Scheiben groß, zart und rosa; sie wurde nur leicht im Buchenholz geräuchert. Sie wurde von den Mettwürsten als erste im Sommer angeschnitten. Die dunklen, im Herbst knüppelharten Mettwürste waren die Winternahrung. Manchmal schnitt die Mutter einige Scheiben davon in den Eintopf, dazu einen schmalen Streifen durchwachsenen Speck, der dem Vater vorbehalten war.

Im Keller des Geisler'schen Guts war ein Raum für die Pächter reserviert, die in ihrem Kotten keinen Keller besaßen. Die Rauchkammer teilten sie sich untereinander. Ein jeder hatte auch durch farbige Bänder seine Würste, Schinken und Speckseiten gekennzeichnet.

Die letzte Fahrt nach Bielefeld

Ich fieberte dem Tag entgegen, wenn die Mutter die Tasche am Vorabend mit allerlei Köstlichkeiten vollpackte, die für ihre Schwester in Bielefeld bestimmt waren: eine Seite schneeweißen, ungeräucherten Speck, zwei Gläser eingemachte Leberwurst und Blutwurst, einen Braten und vier gebratene Fleischklopse, die es zum Mittag geben sollte, und eine Flasche von ihrem Johannisbeerlikör. Aufregend war die Bahnfahrt. Ein-, zwei-, manchmal auch dreimal fuhren wir im Jahr zu Tante Hanna und Onkel Willy. Ich sah so viel auf den Bahnstationen, die mit eilenden, sich zurufenden Menschen gefüllt waren. Dann das Zuschlagen schwerer Türen. Die rote Kelle des Bahnhofsvorstehers, dessen signalrote Schirmmütze mir so gebieterisch erschien.

Die Lok legte sich fauchend und zischend mächtig ins Zeug, ließ immer wieder einen grellen Schrei in die vorbeifliegende Landschaft erschallen, deren Felder und Wege vom Schnee zugedeckt waren. Dazwischen Häuser mit dicken Schneehauben, aus denen steil Rauchwölkchen in das Postkartenblau des Himmels aufstiegen. Lange Reihen von schwarzen Vögeln saßen regungslos auf den Drähten der Strommasten, die vom schrillen Pfeifton der Lokomotive auseinanderstoben. Spielende Kinder auf den zugefrorenen Teichen mit Hunden am Ufer. Ich dachte an Albert.

»Ich hätte so gern einen Hund.«

»Aber Papa will keinen«, sagte die Mutter.

»Ja, aber er könnte uns so nützlich sein, wenn wieder die Hühner die frische Saat auffressen.«

»Da ist was dran. Man könnte ihn abrichten, mein Küken. Ich werde mal ganz lieb mit Papa reden.«

»Oh ja, Mama, auf dich hört er.«

»Meine Cousine, Tante Minna, hat manchmal einen Wurf von ihrem Spitz. Du hast ihn einmal schon gesehen. Ein solcher Klottenspitz passt zu uns.«

»Aber Mama, warum sagst du Klottenspitz?«

»Ganz einfach, er schläft meistens in der Diele auf einer alten Klotte, einem ausrangierten Mantel oder so was.«

»Hm, aber unserer nicht, der gehört zur Familie.«

»Langsam, du hast ihn noch nicht.«

»Aber träumen darf man, Mama.«

»Gewiss, mein Küken.«

Die Zugfahrt war so aufregend, sie hätte nie enden sollen. Da aber erschienen die ersten schönen Firmengebäude. Ich wusste, wir waren angekommen. Die Lok verlangsamte ihre Geschwindigkeit, sie schien daher tief aus sich herauszuschluchzen, nahm dann wieder Tempo auf. Ich lehnte meinen Kopf an die Scheibe, spürte das Glas vibrieren und roch den Tabakrauch, der aus den dunkelbraunen Vorhängen strömte. Ich war so glücklich, all das zu sehen, zu riechen und zu schmecken. Ich hatte etwas Mühe, die hohen Stufen zur Bahnhofshalle hochzusteigen, in der es von hin- und hereilenden Soldaten, jungen Frauen und schreienden Kindern wimmelte. Niemand schien Zeit zu haben. Die Mutter trug schwer am prallen Rucksack, dessen Riemen sich tief in ihren dicken Mantel gruben. »Komm«, sagte sie streng zu mir, die ich zuweilen stehen blieb, um all dem Treiben zuzusehen. Dann traten wir in die Wintersonne. Ein leichter Duft von Karamell lag über der Stadt, den ein scharfer Wind uns zutrieb. »Heute machen sie Karamellpudding«, sagte die Mutter.

Wir stiegen in die Straßenbahn. Die Mutter nahm den Rucksack ab, stellte ihn neben sich auf den mit dunkelgrünen Wachstuch bezogenen Sitz, der an einigen Stellen brüchig wurde. Die Schaffnerin erschien mit dem Fahrscheinkasten vor der Brust und reichte Mutter einen entwerteten Fahrschein, nickte kurz und wandte sich einem alten Mann zu, dann einem Soldaten. »Sie können so fahren.« Vorne sah ich den Straßenbahnführer, der alle paar Sekunden den Hebel seines Lenkrades herumriss, einen rasselnden Ton auslöste, sodass die Leute an der Bordsteinkante ruckartig stehen blieben und zu ihm hochsahen. Manchmal schien der leise kopfschüttelnd zu fluchen. Über ihm hing ein Emailleschild, auf dem stand: »Sprechen mit dem Fahrer verboten.«

Bei Tante Hanna angekommen, roch es schon im Flur nach Malzkaffee und »Püfferken«, kleinen aus Mehl, Eiern und Rosinen in Öl gebackenen Pfannkuchen. Davon aßen wir uns randvoll. Onkel Willy tauchte in den kühlen Keller hinab, bis all die Köstlichkeiten aus der Mutter Rucksack in den Regalen lagen. Dann führten sie ein langes Gespräch, an dem ich mich nicht beteiligen konnte. Ich blätterte fasziniert in einem Kartenalbum mit bunten Postkarten, die im Ersten Weltkrieg von den Soldaten und ihren Angehörigen geschrieben worden waren. Mit der feinen, etwas harten Sütterlinschrift, die ich im ersten Schuljahr noch zu schreiben gelernt hatte. Da waren auch einige Karten von Onkel Willy aus Frankreich dabei und vom Schwager Onkel Julius, dem Schuster. Hatte man ihm da sein Auge ausgeschossen?

»Ja, in den Ardennen«, sagte Onkel Willy, dessen einziger Sohn zurzeit in Frankreich stationiert war. »Aber frag nicht so viel«, sagte Onkel Willy etwas unwirsch. »Ich muss noch zu einer Versammlung.« Kurz danach erschien er in einer senffarbenen Uniform, wie sie der Ortsgruppenleiter in unserem Dorf zuweilen trug. Sie war ihm ein wenig zu eng geworden.

»Du solltest besser da wegbleiben«, rief Tante Hanna ihm nach.

»Davon verstehst du nichts, Hanne.«

»Der wittert Morgenluft«, sagte die Mutter, als das Eisentor hinter ihm ins Schloss knallte.

»Sei still, Marie, du machst mir Angst. Er ist ja jetzt in die NSDAP eingetreten, musste das, sonst hätte er seinen leitenden Posten in der Fabrik verloren.«

»Hast ja recht, Hanne, was können wir schon dagegen tun, du hast ja gesehen, als sie unseren Hermann nach Sachsenhausen abholten, nur weil der gesagt hat, der Führer sei ein Schulabbrecher, sei ein Mann ohne Beruf, sei ein Österreicher.«

Die Tante legte den Finger auf die Lippen. »Nicht vor dem Kind.«

Irgendetwas braute sich zusammen.

Es kamen keine Feldpostbriefe.

Ein Hund namens Troll

Der Winter war hart. Er ließ Eisblumen auf den Fensterscheiben sprießen. Ich begleitete die Mutter, wenn sie für die Winterhilfe sammeln musste. Die Wege, immer noch tief verschneit, ermüdeten mich. Die Tage waren kurz. Das frühe Licht floh noch immer. Die Luft war so klar, dass das Glockengeläut weit ins Land getragen wurde und Hundegebell aus weiter Ferne zu hören war. Wir schwiegen in dieser einsamen Stille, in der der Schrei des Raben laut klang, als winde er sich im Schmerz. Es war der letzte Winter unter dem Himmel. Die ersten Boten der Zerstörung, die das Dorf noch mieden, kamen näher, immer näher, gegen die die laute zornige Stimme aus dem Radio vergeblich anbrüllte.

Als die Erde auftaute, die erste Saat aufging, zog man die alten Männer zum Volkssturm ein. Gräben sollten sie ziehen. Panzerfäuste lernten sie zu entsichern. Wurden mit Ferngläsern ausgestattet, mit denen sie zeitig die am Himmel aufsteigenden Bomber erkennen sollten. Widerspruch wagte keiner zu leisten. Der Ortsgruppenleiter befehligte das Häuflein alter Männer, die das Strammstehen aus dem Ersten Weltkrieg nicht verlernt hatten.

Zuckerrüben wurden den Pächtern und Dörflern jetzt zugeteilt. Die Säcke ließen sich aufribbeln und die Mutter strickte Strümpfe daraus, die an den Beinen schrecklich kratzten.

Tante Lieschen musste wegen starker Blutungen in das Kreiskrankenhaus zu Röntgenbestrahlungen, die so stark waren, dass die Blutungen aufhörten. Ihr Unterleib war verbrannt, sie starb.

Ich träumte von meinem Hund. Tante Minna hatte ihn bis über das Welpenalter hinaus aufgezogen. Er ließ sich bereitwillig an der Leine führen. Genauso gelehrig ließ er sich zum Vertreiben der Geisler'schen Hühner vom Acker des Pflegevaters abrichten. Der Spitz folgte mir aufs Wort. Er schlief des Nachts in einem Wäschekorb neben meinem Bett. Wenn ich mich bewegte, schaute er mich aus schwarzen Augen erwartungsvoll an. Ich liebte ihn sehr. Er rannte dem Vater entgegen, wenn dieser von der Arbeit kam, umkreiste ihn mit freudigem Gebell, ließ sich aber von ihm nicht anfassen.

Der Frühling kam vielstimmig und streute Blumen in die Gräser hinter dem Haus. Die Tage wurden wieder länger. Der Vater holte die Sense, prüfte die Schärfe des gebogenen Eisens mit dem schwieligen Daumen, dengelte sie, prüfte noch einmal und ließ sie zischend in das hohe Gras fahren. Ich sah, wie seine Kräfte nachließen. Er wischte sich den Schweiß von der Stirn, die seltsam weiß war. Er hob seinen Kopf hoch, rang nach Luft. Seine Augen waren stumpf. Ich fühlte Mitleid mit ihm.

Dann zog er in fast verzweifelter Gebärde die Sense noch einmal durchs Gras. Aber der Schwung seines Armes wurde schwer. Ich griff zur Harke, hob das säuerlich riechende Gras auf die Schiebkarre. Der Vater sagte: »Für eine Woche sind die Tiere versorgt.« Er reinigte das Sensenblatt und hängte die Sense ein letztes Mal an die Dielenwand. Er schwitzte. Wieder hustete er lange und unheilvoll. Er klagte über Schmerzen in der Brust. Er konnte nicht mehr in die Fabrik gehen. Nach ein paar Wochen musste er sich dem Amtsarzt, Doktor Schadebünsow, zur Nachuntersuchung stellen. Der schrieb ihn auf unbestimmte Zeit weiter krank, sprach von einer Bleivergiftung, die er sich in der Fabrik zugezogen haben müsse. Einige Tage danach zeigten sich im Nackenbereich große, gerötete Knoten, die sich mit einem zentralen Eiterzapfen vorwölbten. Die alte Ärztin diagnostizierte Furunkulose, ein starkes Ödem im Nackenbereich, das schließlich zur Ausbildung eines Karbunkels geführt hatte. Sie sagte, dass sie nicht täglich zum Verbandswechsel kommen könnte, die jüngeren Ärzte seien an der Front, die Gemeinden, die sie nun zu betreuen hätte, seien zu groß. Sie machte mit einem Inzisionsschnitt das Karbunkel auf. Eiter ergoss sich in großer Menge aus dem eröffneten Karbunkel. Er ist ähnlich hochinfektiös wie der Erreger, der bei Vera Rachendiphtherie ausgelöst hatte. »Sie müssen bei dem Verbandswechsel mit der gleichen Vorsicht arbeiten.«

Die Mutter schwieg angeekelt. Draußen vor der Tür sagte sie: »Ich kann den Verbandswechsel nicht vornehmen.«

»Dann mache ich das, Frau Doktor, Sie haben gezeigt, worauf es ankommt. Ich weiß, dass ich mich infizieren kann. Ich werde sauber arbeiten.«

»Wie alt bist du jetzt?«

»Ich werde 13 Jahre alt.«

»Gut, mach es, ich verlasse mich auf dich.«

Ich ging zum Vater und sagte ihm, dass ich ihn täglich verbinden würde. Er nickte nur. Es entstanden um das von der Ärztin geöffnete Karbunkel weitere Abszesse. Jeden Tag dehnte ich die Haut, bis Eiter hochstieg, nahm ihn vorsichtig ab, vermied es, ihn auf die Umgebung zu verschmieren, legte kühlende Salben auf die glühende Haut, so wie die Ärztin es mir gezeigt hatte. Der Vater wurde immer schwächer, das Band zwischen uns fester, denn er war milder geworden.

Des Vaters Husten wurde heftiger, sodass Dr. Schadebünsow ein Mittel verschrieb, wonach die Furunkulose abrupt zum Stillstand kam, der Husten aber wurde umso heftiger, nun von üblem Geruch begleitet, sodass Hund Troll die Nähe des Kranken mied.

Als erste Erstickungsanfälle ihn peinigten, wurde er zur Entfernung eines befallenen Lungenflügels in das St. Vitusstift gebracht. Hier starb er kurz vor seinem 52. Geburtstag. Auch er wurde in dem prächtigen Leichenwagen zum Friedhof gebracht.

Als Mutter und ich im roten Bus zurückkamen, war die

Stube ausgekühlt. Tante Hanna und Onkel Willy heizten den Herd an. Ich verließ mit Troll das Haus und setzte mich auf die Bank am Weiher, auf dem ein Entenpaar seine Jungen spazieren führte.

Ich dachte an den Vater, der nun oben am Fuß des Berges einsam in seinem Grab lag. Ich hatte diesen schweigsamen Mann eine Weile umsorgen dürfen, da endlich waren wir uns nähergekommen. Im Herbst holte ich Holzscheite, die er noch gespalten hatte, aus dem Schuppen. Mit ihnen hatte er früher den Herd in Gang gehalten. Er fror so leicht. »Na ja«, hatte er dann düster gesagt, »solange der Schornstein raucht, ist das ein Zeichen, dass wir noch leben.« Ich dachte, warum sagt er ‚wir‘? Meint er die Flugzeuge, die immer mehr wurden, könnten uns eines Tages töten, wie Albert es einmal zu mir gesagt hatte?

Ich hatte dem Vater Gutes tun wollen. Jeden Tag hatte ich einen Boskopapfel geholt, hatte ihn ihm Hohlraum mit Rosinen gefüllt, die Albert uns vor einem Jahr aus Frankreich geschickt hatte, und diese in dem von der Mutter selbst gemachten Johannisbeerlikör eingeweicht, bis sie zu prallen Beeren aufgequollen waren. Nach einer Stunde auf der Konsole des Herdes begann der Apfel zu duften. Dann hatte ich reichlich Vanillesauce darüber gegossen, die Schale dem Vater gereicht. Er hatte gelächelt.

Im Bett hatte ich wieder die quälenden Hustenanfälle gehört. Troll schnarchte leise in seinem Korb. Ein Käuzchen rief. Es musste aus der Linde kommen, in deren Schatten ich nicht mehr spielen würde.

Die Kränkung

Der alte pensionierte Lehrer warf klatschend die Zeugnisse auf das Katheder. Sein Blick fiel missbilligend auf uns, die wir stramm vor ihm standen. Das hieß, es war nichts Gutes zu erwarten.

Übellaunig rief er jeden Schüler einzeln zu sich. Dann war ich an der Reihe.

Ich schaute zu ihm hoch. Ich wusste, dass er in der NSDAP tätig war. Man nannte ihn einen 100%igen. Er schaute streng auf mich herab, schwieg eine Weile, schien meine Schüchternheit noch genießen zu wollen. »Also«, sagte er, »in dem Fach Deutsch bist du die Beste. Schreibst die schönsten Aufsätze, auch die Diktate haben die wenigsten Fehler. Aber«, er legte eine bedeutungsvolle Pause ein, »im Rechnen bist du eine Null. Dafür kann ich dir nur eine Vier geben, und das ist noch geprahlt. Nimm dir ein Beispiel an den Söhnen unseres Ortsgruppenleiters, nur Einsen.« Ich schwieg, fühlte eine alte Angst in mir aufsteigen, schaute in seine wässrigen Greisenaugen und hoffte, ihn durch mein demütiges Schweigen milder zu stimmen. Er hatte mich oft mit dem Lineal auf die Innenhand geschlagen, die noch einen Tag danach geschwollen war. Ich hatte es der Mutter nie erzählt.

Es war eine mir so vertraute Gewalttätigkeit, die sich nicht viel unterschied von der der Jungen, die mich schlugen. Nur war die der Erwachsenen subtiler, spielte sich mehr im Verborgenen ab, wie damals im Heim.

Er gab mir das Zeugnis. Ich machte einen Knicks, wollte ihm entfliehen. »Halt«, dröhnte er von seinem Lehrerpult, »habe ich gesagt, dass du gehen kannst?« Es traf mich wie ein Peitschenhieb. Ich sah noch das lüsterne Grinsen der Jungen, einige Mädchen kicherten. »Deine Pflegemutter hat den Ariernachweis nicht vollständig ausgefüllt. Es fehlt der Name deines Vaters.« Ich senkte den Kopf. Schwieg. »Hoffentlich bringt dir das keine Ungelegenheiten, mein Fräuleinchen.« Meine Wangen brannten. Der alte Mann wusste es doch, er sah noch immer lauernd auf mich herab.

Die Jungen riefen: »Die hat doch keinen Vater.« Ich ballte die Fäuste wie damals vor meiner Peinigerin, wenn ich mir die Stockschläge von ihr abholen musste. Aber da waren meine Leidensgenossen gewesen. Ich hatte mit ihnen in einer Schicksalsgemeinschaft gelebt, die uns miteinander verband. Hier aber fühlte ich mich einer ungeheuerlichen Kränkung ausgesetzt, an der die anderen ihren Spaß hatten.

Der Lehrer trommelte mit dem Bleistift auf sein Pult und sagte schließlich in einem gnädigen Ton: »Du kannst gehen.«

Im Rücken hörte ich das Gekicher. Jemand flüsterte: »Veras Mutter ist vom Heiligen Geist beschattet worden.«

»Ruhe«, schrie der Lehrer, »sonst lasse ich euch alle nachsitzen.«

Die Jungen strebten der Bundesstraße zu, grölten das Lied »Schwarzbraun ist die Haselnuss«. Die Mädchen steckten tuschelnd die Köpfe zusammen, sahen verstohlen zu mir.

Auf dem Heimweg ließ ich mir Zeit. Ich wollte noch nicht zur Mutter. Sie hätte meine Verstörtheit gespürt.

Ich kam an der verwaisten Schmiede Oskar Blumes vorbei. Aus seinem Fragebogen ging hervor, dass er mosaischen Glaubens sei. Ich hatte Mutter gefragt, was ein mosaischer Glaube sei. »Er ist Jude, mein Küken.«

»Na und?«

»Frag nicht so viel.«

Oft hatte ich die Blechschüsseln, von denen wir so viele beim Schlachtfest brauchten, zum Löten zu ihm gebracht. Ich war zwischen Esse und Amboss hin- und hergelaufen, wenn er die Hufeisen formte, sie glühend ins Wasser tauchte, ehe er sie den

Geisler'schen Pferden aufsetzte. Beißender Qualm stieg in die Luft. Die Pferde hatten es ohne ein Zucken in ihren Flanken hingenommen.

Man munkelte, dass der alte Geisler ihn vorgewarnt hatte, ihm Geld gab, damit er den großen Teich überquere. Ich konnte mich an Oskar Blume noch gut erinnern. Er trug immer Ohrenschützer, wenn sich die Äste mit einer Eisglasur überzogen. Auch kaute er Kautabak und spie ihn wie der Schuster, Onkel Julius, in hohem Bogen aus in die Esse. Man hörte es nicht zischen, zu laut rauschte in ihr das Feuer.

Nebenbei betrieb er noch einen Viehhandel, er holte vom Geisler'schen Gut Schlachttiere ab, ging behutsam mit ihnen um, tätschelte sie wie der Schlachter, der unsere Schweine im Haus schlachtete, mit flacher Hand, sprach ganz ruhig mit ihnen, wenn sie verstört vor der Verladeklappe innehielten und das Weiß ihrer Augen sich zeigte, Speichel aus ihren Mündern rann. Ich hatte Oskar Blume mit ruhigem Herzen zusehen können. Er sagte: »Sie riechen den Angstschweiß, der ihnen entgegenschlägt.«

Ich ließ ein paar Mohrrüben für mein Pony mitgehen. Es war alt geworden. Anna ritt jetzt den Rappen ihres Großvaters, dessen Flanken wie japanische Lackarbeit in der Sonne glänzten. Der Pole Ludger pflegte ihn. Er schien Freude dabei zu empfinden, sprach mit ihm in fremden Worten. Dann spitzte der Rappe die Ohren und grummelte in sich hinein. Es klang zufrieden.

Nein, dieser Tag war ein schlechter Tag für mich. Ich kam hinzu, als ein Viehhändler mein Pony abholte. Als ahnte es dumpf, dass sein Ende kam, widersetzte es sich seinen wütenden Stockschlägen. Immer wieder scheute es vor dem dröhnenden Geräusch der Verladeklappe, stolperte zurück, wieherte wie ein angstvolles Fohlen, als der Händler immer wütender auf es einschlug. Ich schrie, als träfen die Schläge mich selbst. Ich sah die breiten Peitschenhiebe in seinem honigfarbenen Fell. Ich konnte nichts tun als einfach nur dastehen, mit einem verschütteten Ruf »Nicht, nicht!« auf den Lippen. Als der Viehtransporter an mir vorbeifuhr, hörte ich das Pony mit den Hufen gegen die Verladeklappe knallen. Blind von Tränen schaute ich dem Transporter nach, mit einem Rest von Beben in den Schenkeln.

Oh, dachte ich, es war doch erst gestern, dass es mir entgegenlief, ich ihm eine Möhre gab. Dass Albert mich auf seinen Rücken hob und ich mich längs über ihn legte, seine Muskeln fühlte, die mich wiegten, meinen Kopf auf seinen Hals legte, in seine goldschimmernde Mähne griff. Ich hatte seine Wärme eingeatmet. Ein Lied gesummt, das die Mutter mir früher vorgesungen hatte. Ich hatte gewusst, dass Albert, der es am Halfter führte, mich beschützte.

Viele Tage lang ging ich an die verwaiste Pferdekoppel und brach beim Anblick der ausgetrockneten Tränke in Tränen aus. Bilder sprangen mich an, die ich längst vergessen zu haben glaubte. Ich begriff, dass ich immer mit ihnen leben musste, dass sie ein Teil meines Lebens waren.

»Mutter, das Pony ist vielleicht schon tot.« Sie antwortete: »Vera, es hat alles seine Zeit. Seine Zeit war eben um.«

Etwas Entscheidendes schien in meinem nun plötzlich schneller wachsenden Körper vorzugehen. Ich hatte in den anschwellenden Brüsten Schmerzen. Manchmal zog dieser ungedeutete Schmerz in mir herab und nistete sich eine Weile fordernd in meinem Unterleib ein. Ich sagte es der Mutter, und sie ging mit mir, ohne sich zu erklären, zu der alten Ärztin. Die legte ihr warmes Ohr auf meine schmerzenden Brüste, die noch klein und hart waren. Sie sagte: »Du wirst bald eine Frau werden, an dem Tag, an dem du zu bluten beginnst.« Von da an trat ich manchmal vor Mutters großen Spiegel, betrachtete meinen sich nun sanft rundenden Körper und fand ihn schön.

Der erste Tieffliegerangriff

Flugzeuge stürzten heulend aus dem Himmel. Sie waren all die Jahre grummelnd über uns hinweggezogen. Wir hatten ihnen nachgelauscht. Meistens kamen sie wie Diebe in der Nacht, warfen Leuchtspuren über die Stadt, in der Tante Hanna und Onkel Willy wohnten. Wir konnten nicht mehr zu ihnen fahren, seitdem sie die Züge beschossen.

Jetzt aber warfen sich ihre silbernen Leiber schräg liegend mit schrecklichem Heulen auf uns herab. Jetzt war der Krieg auch zu uns gekommen. Man sah manchmal das lachende Gesicht des Piloten, wenn er mit abgehacktem »Rattata'« den Feuerstrahl in den Schnee stieß, der ihn schwärzte. Ich drückte meinen Hund Troll unter meinen Körper, den ich in eine Ackerfurche presste. Er riss sich von mir los. Ich sah, wie feurige Strahlen ihn hochrissen und er zu Staub wurde.

Immer wieder dieses »Rattata«. Ich würde es nie vergessen. Sie hoben in kühnem Bogen erneut ihre Flugzeuge an, verschwanden grummelnd, formierten sich erneut, näherten sich mit ansteigendem Geheul und stürzten wieder herab. Wieder das ohrenbetäubende »Rattata«. Sie formierten sich erneut. Zeit, gerade noch in das Unterholz des Geisler'schen Waldes zu gelangen, vorbei an einem Tier, aus dessen aufgerissenem Leib es dampfte.

Das Dröhnen nahm zu, erfüllte erneut den Himmel. Ich sah sie, duckte mich, hielt mir die Ohren zu. Knapp über dem Berg stiegen sie steil auf, dann senkte sich das erste Flugzeug, legte sich schräg, sein silberner Leib blitzte in der fahlen Wintersonne auf. Ein zweites folgte, riss feurige Schlangen in dem Acker auf, Erde spritzte hoch. Ein Pferd stürzte zu Boden. Heulend stiegen sie wieder auf, von Feuerstößen gefolgt, die von dem Burgturm kamen. Ein paar alte Männer des Volkssturms hatten das Schießen nicht verlernt.

»Wahnsinn, Wahnsinn, wann hört er auf?«, sagte die Mutter zu der Nachbarsfrau. Sie hatten mich mit schlingernden Schritten kommen sehn – ohne Troll. Meine Lippen bewegten sich, aber es kam nur dieser Seufzer. »Ich weiß«, sagte die Mutter. Ich schluchzte mit zitternden Lippen. Sie schwieg, wartete, bis dieses Schluchzen verstummte. Sie sah in mir, dass das Kind, das sie vor acht Jahren aus dem Heim geholt hatte, erschüttert war, aber dass es widerstand.

Zur Nachbarin gewandt sagte sie voller Stolz: »Das ist meine Tochter. Sie werden uns nun öfter heimsuchen.«

Wir schwiegen lange. Dann brach ich das Schweigen: »Mutter, dieser Irrsinn. Ich verstehe ihn nicht. Wie können Menschen sich das antun?«

Sie antwortete mit einem Achselzucken. »Es passiert halt, Vera.«

»Was meinst du damit?«

Ihr Gesicht blieb unbewegt. Sie sagte wieder: »Es passiert halt. Irgendwann hat jemand damit angefangen.«

»Wer?«, fragte ich.

»Frag nicht so viel. Es ist nicht gut, in dieser Zeit solche Fragen zu stellen.«

Ein Schultag

Wir waren vollzählig erschienen. Niemand war körperlich zu Schaden gekommen. Nur der Schweinestall des Ortsgruppenleiters war abgebrannt mitsamt sechs Zuchtsauen mit ihren Ferkeln, die schwarz geröstet im Schnee lagen.

Dann hörte man wieder das ferne Rauschen in der klaren Winterluft. Sie könnten schon über Münster sein. Die Fenster vibrierten. Sie müssen im Augenblick über dem Berg hochsteigen. Ich dachte, es ist der Berg, über dessen Kamm ich einst den schwarzen Vogel suchend kreisen sah. Da waren sie schon über ihn hinweggebraust. Wir hatten uns unter die Tische geworfen. Hörten mit angehaltenem Atem auf das sich entfernende Rauschen. Ich fühlte mein Herz gegen den Boden pochen. Der alte Lehrer stand wie ein Gespenst bleich mit zitternden Lippen an die Wandtafel gelehnt. Über ihm seine Tageslosung, die er gerade aufgeschrieben hatte. Er hatte Angst. Man sah es an seinen zitternden Händen, als er sie löschte. Sie hatte ihre Gültigkeit verloren.

Am Abend trafen die ersten russischen Gefangenen ein. Ein kleinwüchsiger Russe mit mongolischen Zügen im runden Gesicht. Bald nannten wir ihn »Iwan, den Schrecklichen«. Er holte das angeschossene Vieh von den Weiden, tötete sie manchmal, umschlang ihre Fußgelenke mit Ketten, ein Ochse zog sie über die Dorfstraße. Eine blutige Spur hinter sich herziehend erreichte er das Geisler'sche Gut, auf dessen Hofplatz er sein blutiges Geschäft beendete. Die Schlachtteile mussten auf Geheiß der Partei abgeholt werden.

Die erste Magd zweigte einiges ab, gab der Mutter etwas.

Ein Menschentransport im Viehwagen

Diese Züge hielten an keinem Bahnhof. Sie fuhren wie Geisterzüge durch ein schweigendes Land. Die Menschen machten sich ihre eigenen Gedanken, die sie nie aussprachen.

Es war 1943. Ein heißer Sommerwind wehte über die abgeernteten Felder, auf denen Kinder barfuß liefen, um die letzten Ähren abzusammeln. Seitdem Tiefflieger uns bedrohten, verbot mir die Mutter, auf den bis an den Horizont reichenden Feldern zu sammeln, die nun wie Strohmatten aussahen, auf denen man sich nicht verbergen konnte.

An diesem Tag beschossen sie einen Geisterzug. Die Lok fing sofort Feuer, blieb bald darauf keuchend stehen. Dann verstummte sie jäh. Menschen starrten aus den Gittern. Die Dörfler rissen die Hebel hoch. Menschen sprangen heraus. Liefen zu unserem Haus. Flüsterten: »Wasser, Wasser.« Ich pumpte Wasser aus dem Brunnen. Sie tranken es in langen, gierigen Schlucken. Sie sprachen nicht. Und ich wagte die Mutter nicht zu fragen, warum diese Menschen in einem Güterzug reisen. Die Lok war schon nach einer Stunde ersetzt.

Die schmucken SS-Offiziere, die im Schloss stationiert waren, dirigierten die Fremden fast in freundlichem Ton zu den Güterwagen zurück, wiesen ein paar Dörfler an, die Hebel zu schließen. Die schwerhörige Nachbarin kam laut weinend zur Mutter gerannt. Sie sah die eleganten SS-Offiziere. Ihre Augen flossen über, als sie ihnen zuschrie: »Nun ist auch mein dritter Sohn gefallen. Sie machen sich im Schloss ein feines Leben. Aus ihnen sollte man Seife kochen.« Der Offizier sah auf sie herab, legte seine behandschuhte Hand beruhigend – wie es schien – auf die magere Schulter der Frau und sagte: »Gute Frau, ich habe das nicht gehört. Ich verstehe Ihren Schmerz, doch hüten Sie Ihre Zunge, sonst kann ich nichts mehr für Sie tun. Gehen Sie, ehe ich es mir anders überlege.«

Die Frau verstand, dass sie knapp einer Verhaftung entgangen war.

Das Schloss

Es lag in der Ebene inmitten herrlicher Buchen und Kastanienbäumen, die die Auffahrt säumten. Unter dem Portal hing schlaff die Hakenkreuzfahne. Sie leuchtete uns blutrot entgegen, uns, dem Bund Deutscher Mädchen. Voraus schritt Johanna, groß, blond, mit tiefem Nackenknoten, dann intonierte die 18-jährige Gruppenführerin: »Wenn wir schreiten Seit an Seit …« Ich fand keine Freude an diesen Märschen, diese aufgezwungenen Märsche, deren stampfenden Rhythmus ich aus dem Volksempfänger kannte.

Im Schlossteich schwammen die Fische mit den silbernen Bäuchen nach oben. Die BDM-Führerin schrie plötzlich: »Stillgestanden!«, dann hieß es, »Rechtsum und im Laufschritt marsch, marsch.«

Die ruhenden Pferde im hohen Gras sprangen auf. Wieder diese unerbittliche Stimme: »Links, links, zwo, drei, vier. Richtet euch.« Schwer atmend kamen wir in der Mittagshitze im Schloss an. Ich dachte: »Noch einmal und ich brech zusammen.« Die Ärztin hatte mir Vigantol-Baby-Vitamine verschrieben. Sie wirkten aber nicht.

Im Schloss roch es nach Lysol. Jemand flüsterte: »Sie haben gestern Kindertransporte abgewickelt. Bis Mitternacht sind die Lastwagen abgefahren.« Für mich blieb das ein Rätsel. Ich dachte an Hans Süß. Ein paar elegante SS-Offiziere stiegen auf die Pferde, die wir eben noch im hohen Gras aufgescheucht hatten. Andere rauchten im Salon, unterhielten sich leise.

So viel wussten wir, es werden hohe Gäste mit goldenem Parteiabzeichen erwartet, und dass im Schloss der Saal zum Lazarett umfunktioniert worden war. Etwa 60 Verwundete lagen dort. Für sie sollten wir singen. Ein paar Rote-Kreuz-Schwestern wurden von einer braunen NSDAP-Krankenschwester angewiesen, Verwundete, die noch gehen konnten, in die Empfangshalle zu geleiten. Wir bekamen kaltes Essigwasser, mit Schwarzbrotstückchen gewürzt, zu trinken. Es lief mir kühlend in den Magen. Man trank dieses köstliche Brunnenwasser beim Ernten auf den Feldern. Es löschte augenblicklich den Durst. In Tonkrügen trug ich es zu den Helfern.

Wir bekamen Pakete, die wir den Bettlägerigen im Namen des Führers überreichen sollten.

Albert war nicht dabei.

Wir stiegen die prächtige Schlosstreppe herauf und füllten sie bis zur Kuppel, von der unser Gesang auf die bleichen Soldatengesichter fiel. Manche weinten, andere klatschten Beifall, wieder andere starrten ins Leere.

Sie waren blind.

Die Engländer

Der Monat März 1945 blieb den Menschen als Monat ihrer Niederlage in Erinnerung. Die meisten empfanden ihn so, nur wenige sahen in ihm ihre Befreiung. Dazu gehörten Mutter und Fritz Offergeld. »Nun könne es doch nicht mehr schlimmer kommen«, sagte Mutter zu ihm. Der antwortete: »Marie, irgendjemand hat einmal gesagt: ‚Genießt den Krieg, denn der Friede wird furchtbar sein.'« Er sollte recht behalten.

Der Ortsgruppenleiter türmte das Hitlerbild, die Fahnen und seine gelbbraune Uniform im Hof auf einen Strohballen, den er entzündete.

Seine Jungen entdeckte Fritz Offergeld im Schützengraben. Er konnte sie überzeugen, dass der Krieg aus sei. Ihr Vorhaben, noch einige Panzer zu knacken, könne für die ganze Dorfbevölkerung tödlich ausgehen. Sie zögerten und sahen ihn aus der Grube unter weiß bewimperten Augen tückisch an. »Los«, schrie er nun, »hebt eure fetten Ärsche hoch.« Die Jungen murrten. Der Ältere nuschelte: »Der kriegt doch sonst seine Schnauze nicht auf.« Mühselig krochen die Jungen heraus.

Der Volksempfänger gab unentwegt das Vorrücken der Engländer bekannt. »Jetzt sind sie in Osnabrück«, rief Eduard Geisler. »Holt das Vieh von den Weiden.«

Eine Stunde später.

Mutter und ich waren in den Geisler'schen Schutzkeller geflüchtet. Über uns rasselten die Ketten der Kühe, die seltsam unruhig waren. Manchmal muhten sie dumpf und anhaltend. Geislers Jagdhund jaulte.

Wir sahen sie vom Kellerfenster aus kommen. Das Rasseln der Panzer schwoll an, erfüllte dröhnend die Luft. Eine dicke Staubwolke zogen sie hinter sich her. Suchend schwenkten sie ihre Kanonenrohre über das menschenleere Dorf. Man wollte sie nicht empfangen. Kein Vieh war auf den Weiden, die Häuser ohne Bewegung. Dann fiel ein Schuss. Er kam von der Burg. Irgendein versprengter Soldat, der noch immer an den Endsieg zu glauben schien, musste ihn abgegeben haben.

Sie schossen nicht zurück, verschonten uns.

Dann waren sie am Gut angekommen, sie warfen den Schatten ihres ersten Panzers auf das Geisler'sche Haus. Sie suchten eine Weile mit ihrem Geschütz das Gut ab, das in seinen Grundmauern bebte.

Sie warteten, bis Eduard Geisler mit erhobenen Armen aus dem Haus trat und sie in ihrer Muttersprache anredete. Da schob sich ein junges Gesicht, von einem Tellerhelm beschattet, aus der Luke.

Eduard Geisler führte den Engländer in sein Haus.

Die ersten Flüchtlinge kamen aus Ostpreußen

Sie kamen aus Annas Land.

Sie kamen schweigend, gebeugt von Rucksäcken, mit gelben Gesichtern, in denen umschattete Augen lagen, die viel gesehen haben mussten. Ihre Blicke waren stumpf geworden. Sie wunderten sich über die Unversehrtheit des Dorfes. Eine alte Frau irrte verwirrt umher.

Anna sagte: »Die Engländer sind in das Schloss gezogen. Jetzt haben wir das Haus voll Flüchtlinge. Vater hat ihnen das Jagdzimmer gegeben. Sie bekommen mittags eine warme Mahlzeit. Ansonsten verdienen sie ihr Brot auf unseren Feldern.«

Ein Fräulein Pietsch wurde in mein blaues Zimmer einquartiert. Ihre verwirrte Mutter rannte immer wieder mit dem Schlüpfer in der Hand durchs Dorf und schrie: »Die Russen kommen, die Russen kommen.« Das Fräulein Pietsch sagte: »Meine Mutter ist von Russenhorden vergewaltigt worden. Die haben selbst vor Greisinnen und Kindern nicht haltgemacht. Stalin hat beim Einmarsch der Roten Armee gesagt, drei Tage gehört euch die deutsche Frau.« Mutter bot ihr an, auf ihre verwirrte Mutter zu achten. Sie konnte nicht mehr auf dem Gut arbeiten. Fräulein Pietsch nähte mir aus Fallschirmseide, die sie dunkelblau färben ließ, mein Konfirmationskleid. Schenkte mir dazu ein paar schwarze Schnallenschuhe, die sie aus Ostpreußen mitgebracht hatte. Sagte sie jedenfalls. Vielleicht aber hatte ihr englischer Freund, mit dem sie ging, alles besorgt.

Die Mutter flocht mir schwarze Taftschleifen in meine dünnen, langen Zöpfe. Tante Hanna und Onkel Willy kamen zu meiner Konfirmation. Mutter und ich fuhren mit Fahrrädern zur Kirche. Wir kamen an der Villa vorbei, in der ich fünf Jahre eingesperrt gewesen war. Sie leuchtete in zartem Gelb.

»Donnerwetter«, rief die Mutter aus. »Sieh dir die Feldmann'sche Villa an.« Ich gab keine Antwort. »Vera, Fräulein Feldmann, der«, sie überlegte.

»Du meinst Hans Süß?«

»Ja, der, jetzt wissen wir, warum man ihn vor drei Jahren abgeholt hat.«

»Ach, Mutter, du und die anderen haben es doch gewusst.« Fast hätte ich hinzugefügt: »Denk an deinen Bruder Hermann.«

»Ja, Vera, dass es aber so grausam zuging, das nicht.«

Vielleicht dachte sie jetzt an ihren Bruder, dessen Asche im Karton zugeschickt worden war. Sie hatte sicher an deren Echtheit gezweifelt. Erst jetzt fiel mir auf, wie vorsichtig die Erwachsenen waren, wenn es um persönliche Ansichten ging.

»Die Feldmann'sche kann froh sein, dass man sie nicht wegen Kindesmisshandlung eingebuchtet hat.«

Mir fiel siedend heiß ein, was mir damals der Lehrer drohend von seinem Pult nachgerufen hatte. Erst jetzt verstand ich. Auch hatte ich der Mutter nichts erzählt. So groß war die allgegenwärtige Angst unter uns, dass sie bis in die Familien hineinwucherte.

Unsere Fahrräder sirrten auf dem Asphalt dahin. »Mein Gott, Mama, ist das schon neun Jahre her, dass du mich da herausgeholt hast? Du warst so schön, trugst dein schwarzes Haar in einem dicken Knoten, einen Strohhut mit einem schwarzen Band. Dazu das Sommerkleid, von dem du die Margeritenborde für mein Dirndl abtrenntest. Ich werde nie vergessen, wie du dich an jenem Aprilmorgen vor mich hinhocktest. Das hatte noch niemand getan. Und deine Stimme …«

»Dass du dich daran erinnerst!«

»Immer, Mama, ich werde es nie vergessen.«

Die Kirche war brechend voll. Mutter ging hinein.

Ich stellte mich zu den Konfirmandinnen und Konfirmanden. Wir warteten auf Pastor Schonenkamp. Er kam aus der Sakristei. Er war alt und schritt uns nun mit der schlaffen Würde eines Kurienkardinals voraus. Über uns brauste die Orgel, nun nicht mehr ächzend. Der Baron hatte sie überholen lassen. Er hatte den Schwur geleistet, wenn seine Söhne aus dem Krieg zurückkehrten, ließe er die Orgel überholen.

Ich mochte nicht aus dem silbernen Kelch trinken, aus dem schon die ganze Gemeinde getrunken hatte. Pastor Schonenkamp machte eine kleine Drehung des Kelchs, wischte den Rand ab und reichte ihn weiter. Ich stellte mir vor, wer wohl vor mir daraus getrunken hatte: Onkel Julius, der Kautabak kaute, die zahnlose Nachbarin und, und, und … Wenn jemand Tuberkulose hatte … Ich sagte mir, das ist das erste und letzte Mal, dass ich auf diese Weise das Abendmahl zu mir nähme.

Ach, ich denke zu viel nach, muss immer alles zu Ende denken. Aber das war meine Art. Vielleicht habe ich deshalb überlebt damals.

Ich tauchte meine Oberlippe in den Wein, der aussah wie Mutters Johannisbeerlikör, rubinfarben. Er duftete anders, herb, und er lag noch lange würzend auf der Zunge.

Arbeitslos

Nur ein halbes Jahr hatte ich in der Fabrik gearbeitet. »Man sollte doch meinen, es gäbe genug zu tun«, sagte die Mutter. »Das verstehe ich nicht, wo doch so viel kaputt ist.« Fräulein Pietsch antwortete: »Bedenken Sie, Frau Kleine, 14 Millionen Flüchtlinge suchen nach Arbeit.«

Ich musste mich beim Arbeitsamt melden. Das Fräulein Maus beäugte mich verächtlich. Nein, sie habe im Augenblick keine Arbeit für mich. Ich müsse mich wöchentlich bei ihr melden. Wenn ich das versäumte, würde mir das Stempelgeld gestrichen. Bei Krankheit müsse ich umgehend ein ärztliches Attest beibringen. »Du kannst gehen«, sagte sie und knallte abschließend die Mappe in die Ablage. »Ach ja«, rief sie hinter mir her, »wenn du ein Arbeitsangebot ausschlägst, wird dir das Stempelgeld gestrichen.«

Mir war nicht ganz wohl dabei, jede Arbeit annehmen zu müssen. Ich malte mir allerhand aus, zum Beispiel im Schlachthof Gedärme ausspülen zu müssen. Eine Arbeit, die Männer nicht gern machten. Oder in einer kleinen Pfeifenfabrik Pfeifenköpfe zu schleifen. Ich hatte durch das niedrige Fenster der Fabrik gesehen. Junge Mädchen auf niedrigen Hockern ließen den Schleifkopf in den Rohlingen kreisen. Ihre Gesichter waren von feinem Holzstaub eingepudert. Und was es sonst noch alles an Arbeit geben konnte. Meine Fantasie kannte da keine Grenzen. Ich fragte mich, wer all die vielen Pfeifen benötigte, wo doch eine Zigarette sechs Reichsmark kostete. Vielleicht arbeiteten sie für die Engländer. Ich musste versuchen, rasch Arbeit zu finden. Mutters Rente war minimal. Ich musste noch vier Jahre älter werden, ehe ich mich zur Krankenschwester ausbilden lassen konnte.

Ich wäre so gern zur höheren Schule gegangen, um dann Medizin studieren zu können. Die Mutter fuhr zum Jugendamt. Der Beamte studierte lange meine Akte und sagte: »Für solche Kinder haben wir kein Geld.« Es wäre klug gewesen, wenn die Mutter mir das nicht erzählt hätte. Dieser Satz blieb ein Stachel in meinem Fleisch.

Fräulein Pietsch war für mich ein Glücksfall. Ihr englischer Freund hatte Beziehungen zum Zeitungsverlag in der Kreisstadt, den die Engländer übernahmen. Sie ließen dort ihre Plakate drucken, auf denen in bunten Lettern Aufrufe an die Bevölkerung standen.

Man sah wenig Besatzungssoldaten. Sie kamen in die Kreisstadt zu den Festen, tanzten mit den Mädchen, die sie so wundervoll fanden. Das Militär verbot ihnen dies, sie hielten sich nicht daran. Aber man erzählte sich, dass sie es schließlich doch gern sahen, als der Kalte Krieg begann, dachten sie, dass es nicht gut sei, die deutsche Bevölkerung gegen sich zu haben. Fräulein Pietsch war eines der wundervollen Fräulein, groß, schlank und sehr blond. Sie war erblüht. Seit ihre Mutter sich im Geisler'schen Teich ertränkt hatte, fand sie die Zeit auszugehen.

Wir hatten keine Beziehungen zu den Engländern. Seit Mutter an zunehmender Herzschwäche litt, aßen wir wieder das staubtrockene, quietschgelbe Maisbrot, das sie uns gewährten. Es krümelte im Mund und war nur mit viel Malzkaffee herunterzuspülen. Es schimmelte schon nach drei Tagen. Manchmal ergatterte ich im Konsum einen Klotz Kunsthonig und eine Wurstscheibe. Mutter strich Schweineschmalz auf das Maisbrot, das schmeckte fad. Ich wog inzwischen 40 Kilogramm und legte meine dünnen, hüftlangen Zöpfe um den Kopf. Seitdem es nicht mehr von der Mutter straff gekämmt und mit einem Mittelscheitel fest zu harten Flechten zusammengezurrt wurde, begann es sich in leichte Wellen zu legen, aus denen kleine Löckchen quollen.

Man stellte mich an die Rotationsmaschine. Der Meister sprach mich als erster Mensch mit meinem Nachnamen an: Fräulein Frey. Ich fühlte, dass mich das verpflichtete, und gab mir redlich Mühe, den Meister nicht zu enttäuschen.

Die Anilinfarben waren hochgiftig. Man gab mir täglich einen Liter Milch zu trinken als Gegengift. Fast vier Jahre würde ich an dieser Maschine stehen, sie an Samstagen ein paar Stunden mit benzingetränkten Lappen reinigen. Allmählich wurde sie ein Teil von mir. Ich fühlte mich für sie verantwortlich. Ich arbeitete mit ihr, sie gab mir mein erstes verdientes Geld.

Wenn die Zahl 50 sich zeigte, nahm ich ihr 50 Plakate ab und legte sie zum Trocknen in ein Gestell. Ich musste vermeiden, dass diese Zahl überschritten wurde. Dann würden sie zu schwer aufeinanderliegen und festkleben. Im Sommer saß ich mit den übrigen Frauen und Mädchen im Innenhof des Zeitungsverlages auf den leeren blauen Farbtonnen. Den Rücken gegen die sonnenwarme Wand gelehnt, aßen wir das schmalzdurchtränkte Maisbrot. Unter uns vibrierte der Boden. Bis zum Bürgersteig konnte man das Stampfen der Rotationsmaschine spüren.

Es war Hochsommer. Noch immer nahm ich den Zug, der mich in die Kreisstadt brachte, tauchte neun Stunden lang in den Lärm der Rotationsmaschine ein. Jeden Abend wartete ich auf den Zug, saß im Schatten der Veranda. In diesem Sommer, als Akne mein Gesicht entstellte, schreckte sein schriller Pfeifton mich aus schweren Gedanken. Ich war nun ein wenig gewachsen.

In der Ferne wieder der gellende Pfiff der Dampflokomotive. Ihr vertrautes Schnaufen und Ächzen, als sie sich in die Bahnstation schleppte. Zischend entließ sie ihren grauschwarzen Wasserdampf in die Baumkronen, die die Gleise säumten. Ich lief bis zum Ende des Zuges, schaute mich noch einmal um, sah in der Sonne die speckige Ledermütze des Lokführers glänzen. Er ist noch jung. Sein lachendes, rußgeschwärztes Gesicht rief mir nach: »Los Mädchen, renn.«

Es hätte Albert sein können. Endlich erklomm ich die stählernen Stufen zur Plattform des letzten Waggons. Ich war außer Atem. Ein Hauch von Glück umfing mich. Die Fahrt war kurz, zu kurz für Tagträume. Ich liebte die Geräusche der Dampflok, deren Rhythmus dem der Rotationsmaschine glich. Ich fühlte mich schwach. Wir hatten kein Deputat an Wurst, Getreide mehr, seit der alte Herr Geisler nicht mehr das Zepter hielt. Eduard Geisler ließ niemanden auf den Hof, der nicht in seinen Diensten stand. »Er ist geizig«, sagten die Leute. Ich durfte nicht mehr die Ähren von den abgeernteten Kornfeldern sammeln. Die erste Magd, mit der der alte Herr ein Kind gezeugt hatte, das die Dörfler den »Bastard« nannten, schickte Eduard weg. Er war ein Mann von kalter Art, begann Ländereien und ein großes Stück Wald zu verkaufen, legte große Weiden an, baute moderne Pferdeställe, in denen diese herrlichen Pferde standen. Langsam begann das Haupthaus nun zu zerfallen. Manchmal lud er fremde Gäste ein, die Englisch und Holländisch sprachen, hohe Offiziere. Sein einziger Freund, ein Tierarzt, der seine Leidenschaft für edle Pferde teilte und sich besonders auf das Lesen von EKGs verstand, die er von ihnen machte, ehe Eduard Geisler sie zu Reitturnieren zuließ, war jede Woche auf dem Geisler'schen Gut. Ein letztes Mal wagte ich mich dem Gut zu nähern.

Da erblickte mich Anna und rief mit freudiger Stimme: »Trau dich, Vera, und komm herein.« Sie war noch schöner geworden. Sie bot mir ein großes Glas Milch an, stellte eine Schale Erdbeeren auf den Tisch. Ich musste mich beherrschen, die Milch nicht in gierigen Schlucken hinunterzugießen, bemühte mich, meine Gier auf die Erdbeeren zu zügeln. Dennoch griff ich zu schnell nach ihnen. Zerdrückte die prallen Früchte unter meinem Gaumen, genoss ihre Süße.

»Weißt du noch, Vera, als wir noch klein waren? Wie wir Haus und Hof unsicher gemacht haben?« Sie nickte versonnen: »Du bist heimlich zu meinem Pony geschlichen, Albert hat es dann geführt.« Ich schwieg, wollte nicht mehr in diese Zeit eintauchen, die, wie mir schien, langsam in mir zurücksank und aus der ich nun gestärkt heraustrat in eine andere, die noch erkämpft werden musste.

»Wir feiern am nächsten Sonntag meine Konfirmation. Vater sagte mir, ich darf mir meine Gäste einladen. Bitte, komm auch du.« Ich habe freudig zugesagt, Anna stand noch zu mir, das hatte ich nicht erwartet.

Ich bin bei Annas Konfirmation zu ihrer Einsegnung in der Kirche gewesen, ein letztes Mal. Fräulein Ruschhaupts Rücken ist noch krummer geworden. Sie entlockte der Orgel, die der Baron inzwischen überholen ließ, zarte Töne. Ich spürte im Rücken einen leichten Windhauch durch das offene Kirchenportal, hörte leises Mädchengewisper und die sonore Stimme des Pastors. Sie formierten sich. Ihre Schritte unhörbar auf dem braunen Sisalläufer, über uns frohlockende Orgelklänge, aus denen manchmal der Ruf des Kuckucks zu hören war, immer wieder, er stieg höher und höher und verstummte in der Kuppel, als habe man ihn dort gefangen. Fräulein Ruschhaupt verstand die Orgel, wusste sie zum Klingen zu bringen, dass mir jedes Mal Tränen in die Augen stiegen.

Anna, fand ich, war an diesem Tag das schönste Mädchen. In ihr kupfernes Haar, das in der Sonne zu sprühen schien, fiel nun das Kerzenlicht. Sie hatte die porzellanfarbene weiße Haut, deren Sommersprossen ihr ein keckes Aussehen verliehen. Ihre graublauen Augen blickten mich an, als wollten sie sagen: »Ich bin doch deine Freundin.« Oder träumte ich das?

Der goldene Abendmahlskelch blitzte auf, als sie zum ersten Mal aus ihm trank. Nun war sie in die Welt der Erwachsenen aufgenommen, aber der Pastor hatte das anders gemeint.

Nach dem Gottesdienst ergriff ich mein Fahrrad und brauste mit surrenden Reifen auf dem Asphalt dahin. Der Fahrtwind trocknete meine Tränen. Meine Kindheit war verflogen, ehe ich es begriff. Ich dachte an Albert.

Das Geschenk, das ich Anna am Nachmittag überreichte, war dürftig und doch kostbar. Zwei Gedichtbände, die noch auf Zeitungspapier gedruckt waren. Ich hatte sie in der Kreisstadt in einem schmuddeligen Buchladen gekauft, in dem es in den Kriegsjahren immer nach Kohl roch. Wenn uns beide etwas verband, waren es Bücher, die wir heimlich lasen. Sie erlaubten uns, aus dem Alltag abzutauchen in eine Welt, in der es Paläste gab, Berge im blauen Äther lagen. Gerüche von Rosen hätten nicht intensiver sein können. Sie ließen mich meinen Hunger vergessen, der so unheimlich war, weil ich nicht wusste, wann ich ihn je würde stillen können. Ich versank in das jungfräuliche Grün englischer Gärten, fuhr im träumerischen Blau stiller Lagunen, sonnte mich im zerfließenden Blau eines Sommerhimmels, lag in einem Boot, das sich im Auf und Ab bewegte, bis der gellende Pfiff der Lokomotive mich aus dem Schatten der Veranda riss.

Bücher wurden von da an meine einzigen Freunde.

Anna Geisler auf ihrem Rappen Tatus

Annas Konfirmation

Anna, einen Kopf größer als ich, sah wunderschön aus. Ihr volles gekräuseltes Haar, mit einer Taftschleife gebändigt, schien zu knistern. Ihr schlanker Körper mit den Anzeichen weiblicher Attribute vibrierte, verströmte sattes Leben, war nicht gezügelt vom steten Hunger, der mich nicht wachsen ließ. Mein Konfirmationskleid, das ich trug, passte mir noch immer. Ich fühlte die kühle Seide auf meinem mageren Körper.

Ich hatte eine Widmung in die Bände geschrieben. Mit einem Bleistift, weil das spröde, vergilbte Zeitungspapier Tinte aufgesogen hätte. Ich wickelte sie in ein Stück verblichener Seide, die ich mit meiner Haarschleife umband, und legte sie zu den schimmernden Geschenken, die sich häuften. Ich trat zurück, schob mich an der Wand entlang, wollte nicht auffallen.

Auf dem Geisler'schen Hof musste jemand früh auf die Idee gekommen sein, den quer zum Haus verlaufenden Trakt mit dem gewaltigen Herdfeuer mit blauen, holländischen Delfter Kacheln zu fliesen. Man hatte eine große Tanzfläche davon. Wieder waren die Fliesen, wie man das in meiner Kindheit tat, dicht mit Fichtennadeln bestreut. Der Boden wurde dadurch »wichsig«. Das Herdfeuer brannte wohl nur, um Atmosphäre zu schaffen. Unter der Balkendecke hingen große eichene Wagenräder mit dicken Wachskerzen. Heute waren die Ketten, die sie hielten, mit roten, blauen und grünen Bändern umwunden, deren Enden im Luftzug wehten.

Nur junge Männer und Frauen tanzten zu den gedehnten Tönen einer Quetschkommode, die Theo Laukämper, der Gärtner, spielte, der sich in der Ecke am alten Spülstein niedergelassen hatte. Seine Lieder kannte ich. Sie haben meine Kindheit begleitet. Der schwachsinnige Knecht vom Ortsgruppenleiter hatte sie gespielt. Was ich an Tanz sah, passte schlecht zu den Melodien. Das schien den jungen Leuten nicht viel auszumachen.

Ich setzte mich zu Theo und musste an die Geschichte denken, die mir die Mutter von ihrem jüngsten Bruder Hermann erzählt hatte. Auch er hatte einst auf Festen im Dorf aufgespielt. War wie Theo ein hochgewachsener junger Mann gewesen, dem die Frauen es leicht machten, sich mit ihm einzulassen. Hermann aber verliebte sich in eine neun Jahre ältere Frau, konnte es aber trotzdem nicht unterlassen, auch weiter mit anderen Frauen zu flirten. Alma, seine Frau, raste vor Eifersucht. Und als Hermann sich abfällig über Hitler äußerte, verriet sie ihn. Er wurde abgeholt zur Umerziehung, hieß es. Er starb im KZ Sachsenhausen. Der Witwe überreichte man seine Asche im Pappkarton mit einem Schreiben der Lagerverwaltung, dass ihr Mann an einer Lungenentzündung verstorben sei.

Theo war 22 Jahre alt. Während ich im Türrahmen stand, setzte die Kapelle ein. Er stand auf, legte sein Bandoneon in das Stroh der Futterkrippe, es gab einen blubbernden Ton von sich. Theo tippte mir auf die Schulter, hinkte mir voraus und sagte: »Vera, ich schulde dir einen Tanz. Ich bin zwar ein verdammt schlechter Tänzer geworden, weißt du, die Granatsplitter …«

»Aber Theo, du musst mich nicht zum Tanz führen. Du warst ja mal ein guter Tänzer, erzählt man sich, und bist es wahrscheinlich noch immer.« Ich sagte nicht, dass ich es nicht mochte, eng an einen fremden Körper gezogen zu werden. Ihm schien das recht zu sein, und wir schauten den tanzenden Paaren zu.

Da sah ich den jüngsten Bruder von Eduard, Willy Geisler. Im Arm ein bildschönes Mädchen, dessen feuerrotes Haar im Tanz wehte. Manchmal zog er das Mädchen in wilder Verzückung an sich. Ich konnte die Augen nicht von diesem schönen Paar lassen. Blond, athletisch in den Schultern, von hohem

Wuchs, überragte er das Mädchen, das in einem flatternden, zitronengelben Chiffonkleid wie ein Schmetterling in seinen Armen dahinschwebte. Manchmal schmiegte sie ihr Gesicht, dessen Haut alabasterfarben schimmerte, an seine Brust. Man spürte, sie waren in heftiger Leidenschaft füreinander entbrannt.

»Guck dir die an.« Theos Stimme klang verächtlich, als er fortfuhr: »Die hat mit Willy den Joker gezogen. Wenn der wieder in der Uni paukt, setzt sie ihm wieder Hörner auf. Aber Willy …« Er wurde unterbrochen. Die Musik klang in einem Tusch aus. Eduard Geislers Gesicht verriet, dass er den Wein nicht nur ausgeschenkt hatte.

»Meiner Tochter Anna und meinem jüngsten Bruder Willy habe ich dieses Fest ausrichten lassen. In einer Zeit wie dieser ist es auch für mich nicht leicht, ein solches Fest zu geben. Die Gründe wollen wir hier nicht erwähnen, sie hindern uns nicht, in die Zukunft zu schauen. Willy steht kurz vor seiner ersten Prüfung. Er wird in dieser Gemeinde unseren Pastor ablösen, das ist ein schweres Amt.«

»Der mit den roten Socken«, flüsterte Theo mir ins Ohr. Ich konnte ein Kichern gerade noch unterdrücken.

»Aber«, Eduard Geisler hob die Stimme, »lange Rede kurzer Sinn … Ich gebe hiermit die Verlobung von Willy mit dem Fräulein Elly Weidner bekannt.« Er gab der Kapelle einen Wink. Sogleich drehten sich die jungen Leute im Kreis, immer schneller. Sie lachten und riefen einander Sätze zu, die ich nicht verstand, ich war mir sicher, sie würden ihre Zukunft meistern.

Noch einmal sah ich das schöne Paar eng umschlungen an mir vorbeischweben, als wären sie allein. Auf ihren Gesichtern das Glück, so frisch wie der Morgentau.

Was sollte Theos abfällige Andeutung?

Tod eines Kindes

Anna sagte: »So ein Rebhuhn kann leicht ein Kilo wiegen.« Sie nahm das zweite Jagdgewehr ihres verstorbenen Großvaters und rieb es mit einem Lappen ab, ölte es noch einmal ein und hängte es zurück an das Elchgeweih. »Komm, Vera, lass uns noch einmal zu den Pferden gehen.« Wenn uns etwas sehr verbindet, sind sie es.

Eine Detonation erschütterte die Luft. Die Pferde rissen die Köpfe hoch und wieherten ängstlich. Ein Schuss, kurz und scharf, tötete das kleine Kind, das auf dem Hof spielte. Wir sahen es auf dem Kopfsteinpflaster liegen. Anna sah zum Jagdzimmer hoch, an dessen Fenster ihr Cousin mit dem Jagdgewehr stand, dessen Lauf auf dem Fenstersims lag. Dann ließ der Junge es los, als habe er sich daran verbrannt. Es fiel polternd ins Jagdzimmer zurück. Man hörte ihn schreien: »Das habe ich doch nicht gewollt.« Man sah ihn schreckensbleich die Stufen zum Teich rennen, den er schreiend umkreiste, als würde er von Furien gejagt. Das Kleid des Kindes färbte sich rot; sein Blut glitzerte in der Sonne. Knechte und Mägde umstellten es und warfen ihre Schatten auf das bleiche Gesicht, das sie anstarrte. Endlich hörte der Junge auf zu schreien, murmelte mit stumpfem Blick: »Das habe ich doch nicht gewusst.«

Mein Blick fiel auf Anna. Ihr Gesicht war aschgrau, die Augen tränenlos, sah sie ihrem Vater entgegen, der die Auffahrt in scharfem Ritt auf seinem Rappen nahm. Ich hatte hier nichts mehr zu suchen, war nur Zeugin einer schrecklichen Tragödie. Ich legte meine Hand, leicht wie eine Feder, auf Annas bebende Schulter und ging, ohne ein Wort zu sagen. Ich setzte mich unter die Linde. Ihr kühlender Schatten auf meinem Gesicht beruhigte mich ein wenig. Ich nahm Abschied vom schönsten Platz meiner Kindheit. Wenn ich in der fernen Stadt sein würde,

würde ich mich an sie erinnern, ihren zarten Duft, das Rauschen ihrer Blätter, wenn der Wind in ihre Krone stieß. Wie alt mochte sie sein? Die Mutter sagte: »Mehrere Menschengeschlechter. Irgendjemand hat sie während des Dreißigjährigen Krieges gepflanzt, weit vor dem Westfälischen Frieden, wie die anderen Linden im Dorf.« Der Tod des Kindes aber ließ meine Erinnerungen gefrieren. Meine Kindheit war vorbei.

In der fernen Stadt würde ich leben, der Stadt, über der einst die Bombengeschwader ihre tödliche Fracht abwarfen, in einer einzigen Nacht, 1300 Menschen töteten, vielleicht von den Soldaten, die jetzt im Schloss wohnten. War etwa der Freund von Fräulein Pietsch einer von denen, die im Bomberverband gen Bielefeld zogen? Dröhnend mit offenen Bombenklappen schon über Hannover? Dort würde es anders riechen und die Stimmen würden mir fremd sein. Ja, manchmal würde ich Tante Hanna besuchen. Noch immer gab es Lebensmittelmarken für Kunsthonig, Maisbrot und Freibankfleisch, Schnippelbohnensuppe von der Mutter, die, wenn sie am dritten Tag säuerte, sagte: »Dann brauchst du keinen Essig dranzutun.«

Ach, es war noch immer ein elendes Leben, wenn man keine Beziehungen zur Besatzungsmacht hatte. Als Hitler die Bevölkerung dazu aufrief, den Gürtel enger zu schnallen, ging das an die Substanz. Ein BDM-Mädchen brachte die Lebensmittelmarken von Haus zu Haus, bis ich mit elf Jahren in den Bund Deutscher Mädchen eintreten musste und sogleich bei einem Tieffliegerangriff mein Troll getötet wurde. Ich war mit Erschütterung im Herzen nach Hause gegangen. Eigentlich war da schon meine Kindheit zu Ende. Mutter, die immer schlechter sah, hielt die Lebensmittelmarken gegen das Licht (Fettkarten waren gelb).

Aus dem weit geöffneten Fenster des Nachbarhauses sang klagend Zarah Leander: »Ich steh im Regen und warte auf dich.« Albert hatte alle Schallplatten von Zarah. Eine hatte er besonders oft aufgelegt: »Ich weiß, es wird einmal ein Wunder geschehen und dann werden tausend Märchen wahr.« Im Film trug sie eine Entwarnungsfrisur. Bald machten es ihr die jungen Frauen nach, auch Fräulein Herta Pietsch trug ihr Haar nach der neuesten Mode, eigentlich war sie aus der Not entstanden, als sie mit dem Flüchtlingstreck ankam.

Unter meiner Linde hatte Albert stolz sein Fahrtenmesser gezeigt, auf dessen Klinge die Worte »Blut und Ehre« standen. Stolz, weil er gerade zum Fähnleinführer aufgestiegen war. Zu meinem Schreck war sein langes blondes Haar abgeschnitten worden. Er holte ein Foto in seiner HJ-Uniform. Es zeigte einen heranwachsenden Knaben, der sich verschämt heimlich zu rasieren begann. Albert mein Bruder, wo bist du jetzt?

Hungerwinter 1946

Es gab in den Städten Wärmestuben, aber nur zum Aufwärmen. Die Versorgungszüge brauchten zwei Wochen, um 200 Kilometer zu bewältigen. Die Gleise waren meterhoch zugeweht von Schnee, den ein eisiger Wind immer wieder vor den Loks auftürmte. Die Männer, die ihn wegschaufeln mussten, bekamen täglich nur 800 bis 1000 Kalorien. Manche brachen zusammen, spuckten Blut in den Schnee. Man brachte sie auf einen Schlitten gebettet in das nächstliegende Krankenhaus, in deren Zimmern nur zehn Grad Temperatur war. Die Wasserrohre platzten. Es gab kein warmes Wasser. Die Ärzte kamen mit Hut und Mantel zur Visite. Die Schwestern hatten Wollschals über ihre Hauben gelegt, die ihre Schultern bedeckten. Noch immer waren einige Fenster mit Pappe abgedeckt und mit Zuckersäcken verhängt.

Fräulein Pietsch, die auf der Flucht so viel Unaussprechliches gesehen hatte, ging als Totenwäscherin. Sie hatte viel zu tun. Manche Toten mussten so, wie man sie erfroren in ihrem Bett gefunden hatte, in einer Schulhalle gestapelt werden. Man musste erst ihre Gräber sprengen. Einen Meter tief war der Boden gefroren. Viele kamen ihrem Hungertod zuvor, stapften in den Schnee, hockten sich hin, und im Schlaf nahm sie der Tod mit.

Fritz Offergeld, der den Verlust seiner Söhne nicht verkraften konnte, erhängte sich. Man brachte ihn in das Schulhaus, legte ihn neben die verhungerten alten Männer und Frauen. Sein Tod berührte die Mutter sehr. Er hatte sie immer ermahnt, August, ihr Mann, solle nicht laut denken. Und ich solle nicht damit prahlen, dass das Dirndl aus der Fahne geschneidert sei. Er hatte uns von seinem Mehl manchmal ein Kilo abgegeben. Nun, da der Krieg vorbei war, fehlte ihm die Kraft weiterzuleben. »Wofür, Marie? Das Haus ist leer.« Und so war er in den einsamsten Stunden seines 55 Jahre währenden Lebens auf den Dachboden gestiegen, hatte die Dachluke geöffnet, in die der eisige Atem dieses schrecklichen Hungerwinters stieß, der ihn sofort mit Eiskristallen bestäubte und seinen Körper leise drehte, als man ihn fand.

Die Mutter sagte: »Wie gut, dass wir auf dem Lande leben, da haben wir wenigstens noch Brennholz.« Wenn Windböen anfegten und die Fensterläden rüttelten, heulte der Wind und blies feine Eiskristalle in die Ritzen. Dann ribbelte sie Zuckersäcke auf und spann Schafwolle auf dem Spinnrad ihrer verstorbenen Schwiegermutter. Albert und ihren Mann erwähnte sie nicht; Albert, dessen Spur sich seit 1942 in den Weiten Russlands verlor.

In diesem Winter konnte ich nicht in die Kreisstadt fahren. Mutter sprach mit Tante Minna, die dort lebte. So blieb ich diesen Hungerwinter bei ihr, stapfte jeden Morgen durch zugewehte Straßen in den Stiefeln meines Bruders Albert, die er als Pimpf getragen hatte. An den Beinen hatte ich diese schrecklich scheuernden Strümpfe, die die Mutter aus dem Garn der Zuckersäcke gestrickt hatte.

In den Produktionsstätten des Verlages lag die Temperatur nie unter 19 Grad. Die Engländer sorgten für Brennmaterial, das die Heizkörper summen ließ. Ich freute mich jeden Morgen darauf, in diese Wärme einzutauchen. Tante Minna sorgte für eine dünne Suppe, die ich mit dem halben Liter Milch im Wasserbad erhitzte. Eines Tages fragte sie: »Vera, willst du immer bei uns bleiben? Meine Söhne sind gefallen. Du würdest dann nach unserem Tod unser Haus erben.« Einen Augenblick war ich geneigt, Ja zu sagen. Aber nur einen Augenblick war es eine große Versuchung. Dann aber sah ich die Mutter vor Augen. Sah sie in der Stube neben dem Ofen sitzen. Allein, ohne ihren Mann, ihre Schwiegermutter. Mit der Hoffnung im Herzen, dass Albert eines Tages aus der Gefangenschaft zurückkehren würde, und der Gewissheit, dass ich nach der Schneeschmelze wieder bei ihr bin. Gemeinsam würden wir auf Albert warten, und seien es auch Jahre.

Der Bürolehrling schrie mir ins Ohr: »Ein Telefongespräch für dich.« Ich konnte die Rotationsmaschine nicht einfach anhalten. Die Farbwalzen würden eintrocknen. Ich bat den Vorarbeiter, mich zu vertreten.

War der Mutter etwas zugestoßen? Ihr Herz wurde doch schwächer. Annas Stimme aus knisternder Ferne fragte: »Willst du deine Mutter sehen? Wir sind am Sonntag in der Kreisstadt. Wir nehmen sie mit zu ihrer Cousine, Tante Minna. Am Abend holen wir sie wieder ab.« Ich konnte vor Erwartung in der Nacht von Samstag auf Sonntag nicht in den sonst so tiefen Schlaf sinken. Anna hatte ihr Kommen gegen elf Uhr angekündigt. Ich stand an der Bundesstraße und lauschte in die eisige Stille dieses grausamen Winters auf das Schlittengeläut.

Dann endlich erspähte ich den Schlitten, hörte ganz zart die Glöckchen und sah den Umriss des Rappen, sah seinen wiegenden Schatten näher kommen. »Oh«, dachte ich, »ich bin lange nicht so glücklich gewesen wie in diesem Augenblick.« – »Mutter, Mutter«, hätte ich schreien mögen. Doch ich hielt mich im Zaum, als der Schlitten anhielt und Anna im Pelzmantel heraussprang und der Mutter beim Aussteigen half. Sie war etwas kurzatmig, als sie sich bei Eduard Geisler bedankte. »Schon gut, Frau Kleine, wir holen Sie pünktlich um 23 Uhr ab.« Er zog sogleich die Zügel an, rief das Pferd mit leiser Stimme: »Tatus«, und schnalzte mit der Zunge. Es war Annas Rappe. Sie hat mir die Abkürzung seines Namens erklärt. Sie habe ihr Pferd nach dem Ross »Incitatus« getauft, das Kaiser Caligula so geliebt hatte, dass er das Tier zum Priester und Konsul ernannte, weil sie ihren Rappen ebenso liebte. Sie erzählte mir das, weil sie wusste, dass ich ihre Liebe zu den

Pferden teilte. Ja, das verband uns. Würde uns immer verbinden. Tatus war die Abkürzung von Incitatus.

»Klingt so gebieterisch, passt zu den Geislers«, sagte die Mutter, die schwer atmend neben mir einherstapfte. Ich schob meinen Arm unter ihren. Sie ließ es zu. Sie ist alt geworden, dachte ich. Zärtlichkeit stieg in mir hoch. Ich spürte die Versteifung in ihrem alternden Fleisch. Ich schob der Mutter Arm auf meine Schulter. »So kannst du besser gehen, oder?« Die Mutter nickte, blieb aber immer wieder Atem schöpfend stehen, den Kopf witternd in den Wind gereckt. Ihr Atem wurde lauter, als läge wieder Unheil in der Luft. Nein, nicht mehr das Rattata von den Bordwaffen der Tiefflieger, sondern das Krächzen der Raben, als schrien sie nur ein Wort: »Hunger«, der deshalb so furchtbar war, weil man nicht wusste, wann man ihn je würde stillen können. Doch es geschah an diesem Sonntag ein Wunder. Die Mutter legte ein halbes Brot, sechs Eier, einen Streifen Speck und ein Stück Schinken auf den Tisch.

Das hat Anna Geisler mir gebracht. »Seitdem der alte Geisler tot ist, arbeite ich nicht mehr auf dem Gut.« Sie sagte nicht, dass sie es körperlich nicht mehr könne. Sie erwähnte nicht, dass ihr Herz schwächer wurde und sie nicht genug Luft bekam. »Und stellt euch vor, zuallererst legte Anna ein Tütchen Bohnenkaffee auf den Tisch. Ich solle davon nichts ihrem Vater erzählen.« Die Mutter hatte ihn in ein Schraubglas gefüllt, damit sein Aroma sich nicht verflüchtigt. »Anna hat das Herz ihres Großvaters geerbt.« Sie seufzte. Als Weiteres zauberte sie eine Schale gesalzene Ziegenbutter und eine lange Wolljacke von der Wolle des Schafes Meta, eine Mütze und ein Umschlagtuch für Tante Minna.

»Sorgst so schön für Vera, Minna, das muss belohnt werden. Vera verlöre sonst ihre Arbeit im Verlagshaus.«

»Ja, ja«, sagte sie, »so wäscht eine Hand die andere, Marie, lass uns das feiern.«

»Aber bitte sparsam einteilen«, mahnte die Mutter.

»Kennst mich doch, Marie.«

Tante Minna schöpfte kochendes Wasser aus dem Reserve-tank ihres geblümten Herdes, übergoss langsam den Bohnen-kaffe, dessen Duft bald die Küche erfüllte. Beide Frauen saßen auf dem großen Sofa, auf dem ich nachts schlief.

»Wie gut, dass wir so große Küchen haben, sonst könnten wir in den Nächten nicht die Wärme nutzen.«

Gegen Abend holte Tante Minna das Oberbett und legte es zum Anwärmen auf die Ofenbank.

Das Licht begann zu flackern. Tante Minna sagte: »Na ja, das musste ja so kommen, sind wieder einige Strommasten gebrochen.« Sie entzündete die Petroleumlampe und stellte sie auf den Tisch. In ihrem milchigen Licht sah ich, dass Mutters Haar ergraut war. Neben ihr lag Emma, die alte Spitzhündin, von der ich meinen Hund Troll hatte. Seltsam, dachte ich, Troll war mein Kriegsopfer, das ich ihm auf dem Acker brachte. Und hier lag die alte Hündin, die ein wenig spektakulärer Tod erwartete.

Ich dachte an die letzten Winter, die weniger grausam waren, manchmal hatten wir schulfrei gehabt, weil der Schnee so hoch lag, dass er bis unter die Fenster anstieg und sie fast verdunkelte. Ich dachte an den alten Lehrer Stamm aus Ostpreußen, der die Kinder nicht schlug. An den jungen Lehrer in den ersten beiden Schuljahren, dessen Freundlichkeit und Nachsicht mich geformt hatten. Der mir Lesen beigebracht und mich sprechen gelehrt hatte. Der nicht mit dem Lineal auf die Handinnenfläche schlug.

Ich hörte die beiden Frauen miteinander reden. Ihre Stimmen senkten sich fast flüsternd herab. Hörte sie miteinander verhandeln. Dann sagte die Mutter: »Ich will Vera nicht im Weg stehen. Sie kann allein entscheiden, ob sie bei euch bleiben will. Dafür wollt ihr sie als Erbin eures Hauses einsetzen. Sie hätte dann ein sicheres Zuhause, was ich Vera wohl nicht bieten kann. Ich weiß nicht, ob ich noch lange leben werde. Auch weiß ich nicht, ob Eduard Geisler mich im Kotten wohnen lässt. Ich trau ihm nicht. Er ist berechnend, hat es von seiner Mutter. Aber wie Vera sich auch entscheidet, meinen Segen hat sie. Ich kann ihr nicht verdenken, wenn sie euer Angebot annimmt.«

Nun hielt es mich nicht mehr zurück. Ich wandte mich an Tante Minna, die mich erwartungsvoll ansah: »Ich werde bei Mutter bleiben. Sie hat doch nur noch mich. So verlockend dein Angebot ist. Nah an meiner Arbeitsstelle. Nicht mehr um fünf Uhr aufstehen zu müssen. Ich kann Mutter nicht allein lassen.«

Die Geislers brachten Mutter nach ihrer Rückfahrt bis vor die Tür der Kate. Sie war am Ende ihrer Kräfte. Das Herz wollte nicht mehr. Die Enttäuschungen mit ihrem Körper nahmen zu. Sie klagte, der Winter sei so unerbittlich. Die Hühner legten kaum noch Eier. Sie entschloss sich, eins davon zu schlachten. Die Kohlen wurden knapp. Sie wollte nicht mehr leben, nicht so. Sie hatte dieses Leben satt, das immer für neue Schwierigkeiten sorgte, während sie immer schwächer wurde. Das erzählte mir Anna.

Wozu all die Mühe mit der Versorgung der Tiere. Aber sie konnte sich nicht von ihnen trennen.

Noch nicht.

Sie legte zwei sandgefüllte Steinhägerkruken in ihr Bett. Eine in die Mitte, legte das klamme Kopfkissen darauf. Eine am Fußende, so wie sie es all die Wintermonate bei meinem Bett getan hatte.

Dann setzte sie sich neben den geblümten Herd, schöpfte etwas Kraft aus seiner Wärme, starrte in die Asche, in die manchmal lautlos die Glut fiel. Der Wind umtoste das Haus. Sie dachte an Albert. Keine Worte hätten sie jetzt trösten können. Ihre Einsamkeit war so groß, dass sie sich fragte, wozu dieses elende Leben noch tauge.

Sie konnte nicht einschlafen in diesem großen leeren Bett, das manchmal knarrte wie ein altes treibendes Schiff.

Wieder dachte sie an Albert. Lebte er noch oder war er in russischer Gefangenschaft verreckt? Ja, verreckt. Einen anderen Ausdruck fand sie nicht. Sie dachte an die glückliche Zeit zurück, als man ihn ins Haus gebracht hatte. Seine Mutter war im Wochenbett gestorben. Sein Vater verunglückte acht Wochen später tödlich. Sie selbst hatte drei Fehlgeburten durchlitten, und nun kam dieser elternlos gewordene Säugling und sie wurde seine Mutter. Sie hatten ihn adoptiert. Er war ihr Sohn, als hätte sie ihn geboren. Sie schloss die Augen und dachte: »Wenn ich den Frühling nicht mehr erlebe, es wäre nicht schade.«

Am Tag darauf saß sie wieder am Herd und strickte für mich aus Schafswolle eine Strickjacke.

Frühlingsanfang

Die Züge fuhren wieder. Auf dem Rhein, der hundert Kilometer lang voll Packeis gewesen war, glitten nun langsam die Schleppkähne mit Kohlen beladen dahin.

Seit Wochen fiel kalter rieselnder Regen aus den sturmbewegten Wolken. Durch das undichte Dach der Kate tröpfelte Schmelzwasser in Wannen, Schüsseln und Eimer, die Fräulein Pietsch aufgestellt hatte.

»Das sind die reinsten Brandenburger Wasserspiele«, meinte sie, die sich darum kümmerte, dass die Behältnisse rechtzeitig ausgetauscht wurden.

1948 – Alberts Heimkehr

Ludger, der Pole, rannte auf Mutter zu, schrie: »Ihr Sohn ist schon in Osnabrück.«

Wir standen auf dem Bahnhofsplatz. Wir erkannten Albert nicht.

Ein alter Mann mit Hungerödemen, die den Leib aufblähten, die geschwollenen Füße in Schlappen, seine zerschlissene Militärhose mit einem Bindfaden gehalten, an dem das zerbeulte Essgeschirr hing, kam auf uns zu. Das Gesicht war aufgequollen, der Kopf mit eisgrauen Stoppeln bedeckt.

Mutter nahm ihn in den Arm. Ich blieb zurück. Das war ihr Augenblick: Mutter und Sohn hatten sich sechs Jahre, nein, fast sieben Jahre nicht gesehen. Ich sah ein paar junge englische Soldaten, deren Gesichter ernst wurden.

Dann trat Albert auf mich zu. Er nahm mich in seine Arme und flüsterte: »Küken, mein Küken.«

Ich erinnerte mich, dass er am 13. Juni zur Siegesparade in Paris mitmarschiert war. Hitler stand auf dem Gipfel seiner Popularität. Da war auch Albert kriegsbegeistert. Er glaubte an ihn. Ich höre noch die Stimme Hitlers, als er aus dem Volksempfänger bellte: »Ab 5.45 Uhr wird zurückgeschossen.«

Dann war wieder dieses langsame, dumpfe, unerbittliche Stampfen eines immer marschierenden Volkes zu hören gewesen. Und Albert wollte mitmarschieren.

Und die bislang noch zaudernden Generäle jubelten Hitler zu.

Albert hatte als Fähnrich Freude an Aufmärschen und Fahnenappellen gehabt. Sie erfüllten seinen Hang nach Abenteuer, seine Einbeziehung in Verantwortlichkeit und kollektive Ordnung in der Gruppe, das Zusammensein Gleichgesinnter, die seine romantischen Vorstellungen von Treue und Ehre am Lagerfeuer teilten.

So war seine Eidesbindung an die Person des Führers ein heiliger Eid. Diesen Eid hatte er mit seinen Pimpfen geleistet. Mit ihnen brach er aus der dörflichen Eintönigkeit aus. Er fuhr mit seinen Pimpfen mit dem KdF-Schiff nach Norwegen, nahm danach ohne Murren an einem sechsmonatigen Arbeitsdienst teil. Er klebte in der Kreisstadt NS-Plakate, auf denen ein zwölfjähriges Mädchen mit blonden Zöpfen in BDM-Uniform lachte: Auch Du gehörst dem Führer.

Da kam 1943 die Wende.

Es geschahen Dinge, die die Menschen als beunruhigend empfanden. Und sie sagten: »Wenn das der Führer wüsste.« Sie sagten es immer öfter.

Vor mir ging Mutter, die ihren Arm unter Alberts Arm geschoben hatte. Albert ging mit schweren Schritten. Sie schwiegen. Der Weg zum Haus zog sich quälend in die Länge. Albert musste immer wieder nach Atem ringen, blieb stehen. Endlich traten wir in das dämmerige Licht der Wohnstube. Alberts Blick fiel auf das Foto des Vaters, das mit einem Trauerflor versehen auf dem Buffet stand. Er sagte nichts. Weinte tonlos auf dem Biedermeiersofa. Die alte Ärztin kam und sagte der Mutter: »Geben Sie ihm Hafergrütze in Wasser gekocht. Nur ganz langsam können Sie diese mit Milch anreichern.«

Er lebte nur in schweren Gedanken, an denen er uns nicht teilnehmen ließ.

Nur ganz langsam fand er sich zurecht. Er wollte wieder als Tischler seine Arbeit in der alten Firma aufnehmen. Die Firmen waren gehalten, vorzugsweise ehemalige Soldaten zu beschäftigen. Mutter wollte ihn davon abhalten. Sie spürte, dass er sehr krank war.

Manchmal schaute er mich an und flüsterte: »Mein Küken, warum, warum?«

Dann raffte er sich auf, ging zu Doktor Schadebünsow, der den Krieg als Amtsarzt in der Kreisstadt überstanden hatte und uns als Schularzt einmal im Jahr untersuchte. Wir mussten uns von ihm befingern lassen. Wir scheuten wie Fohlen vor ihm. Er war klein und dick, hatte eine riesige Glatze, die wie eine Billardkugel glänzte. Er trug eine randlose Brille, durch die er uns mit lauerndem Schweigen betrachtete. Unter seinem Kittel trug er die Uniform. Er war im Nationalsozialistischen Deutschen Ärztebund organisiert.

Er schrieb Albert arbeitsfähig. Aber Albert war immer so schnell erschöpft. Sein herrliches Lachen war verstummt, und wenn es doch einmal seine Brust erbeben ließ, hustete er, bis ihm die Tränen in die Augen traten. Er erstickte fast, so schüttelten ihn die Hustenanfälle. Wir alle wollten nicht wahrhaben, dass sie die Vorboten einer Lungentuberkulose waren. In der Nacht zu Buß- und Bettag erbrach er hellrotes, schaumiges Blut in das steinerne Spülbecken. Er stand tief gebeugt darüber und stützte sich auf dem Beckenrand ab. Mondlicht fiel auf ihn.

Noch in der Nacht rannte ich zu dem Gut, rief Anna unter ihrem Schlafzimmerfenster zu: »Ruf den Krankenwagen, Albert spuckt Blut.« Der Krankenwagen kam vom Gut. Anna saß neben dem Fahrer, wies auf unser Haus. Albert wehrte sich nicht, als ihn zwei Sanitäter mit Mundschutz auf der Trage mit Gurten fixierten.

Mutter und ich haben dem Krankenwagen nachgeschaut. Wir wussten, dass Albert nicht mehr zurückkommen würde.

Eine kleine Hoffnung hätte es gegeben, wenn die Engländer Alberts Ärzten das Penicillin gegeben hätten, das Fleming gegen die Tuberkulose entdeckt hatte. Aber sie gaben es den Deutschen nicht. Nicht im Jahre 1948.

So dämmerte Albert seinem Tode entgegen.

Mutter besuchte ihn jede Woche. Sie erzählte mir nicht, wie sie ihn jeweils antraf. Sie sagte nur, dass er meistens schliefe, dass er Infusionen bekäme, weil er feste Speisen verweigere.

Beim Abschied sage er immer: »Vergiss nicht, mein Küken zu grüßen.« Kurz vor Heiligabend sprach er aus, was wir wussten: dass er sterben würde. Er hätte noch einen Wunsch – Küken solle kommen.

Man wollte mich nicht zu ihm lassen, nur enge Verwandte. Ich sagte: »Ich bin seine Schwester.« Als ich das aussprach, wusste ich, dass ich die Wahrheit sagte. Zum ersten Mal fühlte ich Verantwortung für diesen Menschen. Bislang hatte ich sie nur für Tiere empfunden. Ich hätte Albert so gern beschützt. Aber seine Zeit war abgelaufen. Ich trat an sein Bett. Er bemerkte es nicht. Ich lauschte seinem Atem, der leiser wurde, berührte seine Hand, die so schmal geworden war, flüsterte seinen Namen immer wieder und erreichte ihn endlich.

»Küken, mein Küken.« Sprechen konnte er nicht. Nur seine Hand umschloss die meine.

Und ich begann zu sprechen: »Albert, mein Bruder, habe keine Angst, ich bin bei dir. Weißt du noch, wie du mich damals ganz langsam aus meiner Verstörtheit geholt hast? Du wurdest nicht müde, meine nie versiegenden Fragen zu beantworten, als ich zu sprechen anfing. Du hast mich gelehrt, meinen Blick zu schärfen, Gefühle zuzulassen. So bin ich von dir, mein Bruder, aus meiner Einsamkeit erlöst worden. Du lagst mit mir im Gras, erklärtest mir, dass das ein Feuersalamander sei, der vor uns langsam dahinwatschelte. Dass seine Wohnung in der Mauerritze sei, wo die Sonne den Stein wärmte.«

Einen langen Augenblick sah er mich an. Sein Lächeln verlief zitternd in die Mundwinkel. Dann sagte er: »Küken, du bist erwachsen geworden.«

Draußen vor der Tür habe ich meine Hände nicht in die Desinfektion getaucht. Sollte sein Todeskeim auch mich dahinraffen.

Oh, mein Herz war so schwer, als ich in die schneidende Kälte trat. Aber mit jedem Schritt, mit dem ich mich der Mutter näherte, wusste ich, dass wir zusammenhalten würden, ein Leben lang.

Der letzte Zug verschwand stampfend im Schneegestöber, gerade als ich den Bahnsteig erreichte. So musste ich einen Kilometer weit bis zur Bushaltestelle bergauf laufen.

Im Krankenhaus hatte man mir nichts zu trinken angeboten. Ich nahm eine Handvoll Schnee, ließ ihn in meinem Mund diesen bitteren Geschmack nehmen. Ich ging mit heißer Stirn dem aufkommenden Wind entgegen. In der Ferne hörte ich das dünne Geläut der Kirche. Im Heim damals klang es geheimnisvoll. Ich konnte ihren Turm sehen, sah im Sommer grauschwarze Vögel ihn umkreisen, in dessen Scharten sie brüteten. Um die Mittagszeit umkreisten sie ihn und stießen ihr helles, weiches »Kia, kia« aus. Albert, als ich dir von meinem Leben im Heim erzählte, nanntest du mir deren Namen, mit denen ich einst in Träumen lebte.

Es hatte aufgehört zu schneien. Der Wind hatte sich gelegt. Wolken schoben sich vor den Mond und löschten das silberne Licht, das auf dem Wasser lag. Auf der Bundesstraße wartete ich allein auf den letzten Bus. Dann sah ich seine gelben Augen, den roten, schwankenden Körper, der sich noch einmal schüttelte, ehe er stehen blieb. Der Busfahrer erwiderte nicht meinen Gruß, wechselte das Geld, schob mir den Rest mürrisch zu.

Wir fuhren an regnerischen Samstagen mit ihm in die Kreisstadt, um uns Filme mit Willy Birgel wie »Reitet für Deutschland« anzusehen oder »Der Berg ruft« mit Luis Trenker und Leni Riefenstahl. Und ich heulte wie viele in mein Taschentuch im Dunkel des Kinosaals. Es war unser letzter gemeinsamer Sommer gewesen. Dann musste er am Westwall Gräben ausheben. Arbeitsdienst nannte man das.

Der Bus spuckte mich aus.

Einen Augenblick blieb ich stehen, schaute in die Ebene,

in der sich die Dächer des Geisler'schen Gutes schwarz unter dem Mond abhoben. Lichter brannten in seinen hohen Fenstern. Dann hörte ich Laute, Laute von silbernen Glöckchen, die Schritte schnell herantrabender Pferde, die den Schlitten Eduard Geislers zogen. Neben ihm in pelzverbrämten Mänteln seine Frau und Anna. In scharfer Kurve lenkte er die Rappen, die vom schnellen Lauf ihren Atem schnaubend in kleinen Wölkchen ausstießen. Die Kufen knirschten im Schnee. Der prachtvolle Schlitten neigte sich ein wenig, als er auf die Landstraße einbog. Ich hörte einen kurzen Augenblick lang das Schnauben der Rappen.

Dann legte sich wieder eine kalte Stille auf das Land. Nach einem Kilometer erreichte ich das Gut. Die Einfahrt lag im gleißenden Licht der Hoflaternen. Der Pole rieb die dampfenden Rappen ab. Ich legte meine Hand auf ihre Nüstern. Sie schnaubten verhalten. Ich roch ihren Schweiß.

Der Pole ließ mich gewähren. Er wollte mir etwas sagen. Ich spürte seine Zurückhaltung, wusste, was er sagen wollte. Dann sagte er fast tonlos: »Fräulein ... Fräulein. Bruder ist tot.«

Es war, als setzte mein Herzschlag aus. Ich schwankte. Kam es vom Hunger? Ich hatte seit sieben Stunden nichts gegessen. Ich hörte ihn aus weiter Ferne sagen: »Ist gut, Fräulein?« Ich nickte, noch immer benommen vom Eiseshauch dieser Nachricht.

Ich hatte doch gewusst, dass Albert sterben würde. Noch vor Mitternacht.

Ja, ja, aber nun war sein Tod ausgesprochen worden. War amtlich geworden. Nun würde ich nie mehr sein Lachen hören, nie mehr seine schützende Nähe spüren.

Eines Tages muss ich über ihn schreiben, weil er sonst nie gewesen wäre.

In der Diele lag noch der Geruch von den Tieren. Mutter

saß am Herd. Leise siedete das Wasser im Tank, summte der Kessel wie immer sein Lied.

Einen Tannenbaum hatte sie nicht geschmückt. Ich hängte meinen Mantel neben den Herd. Eiskristalle verglimmten auf seinem Kragen.

Einen Tag nach Weihnachten brachten sie Albert im Zinksarg. Sie stellten ihn auf zwei Holzböcke. Anna Geisler brachte zwei lange Kerzen und steckte sie am Kopfende des Sarges an.

Ein Schneepflug bahnte uns den Weg zum Friedhof. Auf der Bundesstraße kam uns ein langer Konvoi englischer Panzer rasselnd entgegen, hielt an, als er mit uns auf gleicher Höhe war. Ein Offizier salutierte, ließ den Leichenzug vorbeiziehen. Dann sprangen brüllend seine Fahrzeuge an.

Ich sah wieder auf die wippenden Federbüsche der Pferde, deren Leiber mit schwarzen Samtdecken verhüllt waren. Im Gleichschritt wiegten sie Alberts Sarg, dessen Messingbeschläge manchmal in der fahlen Wintersonne aufblitzten. Das Friedhofstor stand einladend offen. Auf den Sandsteinsäulen schwebten noch immer die Schmetterlinge aus Eisen.

Theos Vater in langer schwarzer Pelerine nahm den Zylinder ab, als man den Sarg aus dem Leichenwagen zog und auf den Katafalk setzte. Eine Krähe flog auf.

Man ließ den Sarg ganz sacht in das Grab gleiten.

ENDE